続 コロナ禍歌集

2021年～2022年

現代歌人協会 編

短歌研究社

はじめに

『二〇二〇年 コロナ禍歌集』（現代歌人協会編）が刊行されたのは、二〇二一年五月でした。この時点ですでにワクチン接種が始まっており、今後は感染者が減ってゆくだろうと私は楽観視していました。けれども、オミクロン株などの変異株が出現。感染の波は次々に押し寄せて、現在に至っています。

そこで、前歌集に続く新たなアンソロジーを編むことを企画しました。共通体験としての「コロナ禍」を短歌で表現する、そして個々の認識や感情をアンソロジーのかたちで収録して残しておく。そのことの意義はますます大きくなっていると感じています。現代歌人協会には幅広い世代の会員がおり、居住地も海外を含めて全国にわたっています。同じくコロナ禍を詠んでも、それぞれの切り取り方には多様な個性が生まれ、共感を覚えたり新たな刺激を受けたりすることは多いはずです。そのように相互に影響し合うことこそが、短歌という表現の特徴であり魅力でもあると信じています。

また、第二弾となる本歌集では永田和宏氏の講演「コロナ的非日常の日常」を収載しました。当協会が主催したフォーラム「コロナの時代の短歌」の折の講演です。科学者でもある永田氏の言葉を通して、私たちは「コロナウイルスとは何か」を正しく知り、正しく恐れ、正しく向き合うことが可能になります。さらに、前歌集について五名の方々が示唆に富む読後感を記しています。大井学氏による「コロナ禍をめぐる主なできごと」も永久保存版の資料です。

本歌集に寄せられた六四四首の作品を読みながら、私はひしひしと励ましを与えてもらっています。困難な日々はまだ続くかもしれませんが、短歌を支えにしてともに進んでゆきましょう。

本歌集の制作を担当してくださった高木佳子、富田睦子、千葉聡各氏、事務局の妻鹿文恵氏、著作権について助言をいただいた竹内亮氏、編集・刊行にお力添えを賜わった短歌研究社の皆様に心よりお礼申し上げます。

二〇二二年九月

栗木京子

目次

凡　例

・本集は、現代歌人協会会員に、新型コロナウイルス禍に関して作られた一首を募って一冊としたものである。

・到着作品はすべて掲載した。

・作者名はあいうえお順に配列した。

・氏名、居住地、所属（二つ以上の場合は間に「・」を入れた）の順に記載した。

・原則として原文通りとし、あきらかな間違いだけを直した。

・原則として漢字は新字体とした。

作品

あ行

会川淳子　埼玉県　花實

神主の祝詞響ける夏まひる社(やしろ)に眠れり村の神輿は

相原かろ　神奈川県　塔

トイレ後に手を洗わない男たちそれでもいると告げるでもなし

青木昭子　福岡県　ポトナム

コロナ以前も以後も変らぬ初夏の日本の山野みどりに膨る

青木春枝　東京都　心の花

笑顔なる白寿の母とホームにてガラス戸越しにスマホに語る

青木瑞枝　大阪府　作風

感染の恐れを持ちて人々の心揺れゐる商都大阪

青木陽子　愛知県　国民文学

収束の在らざるコロナウイルスか青き地球は居心地好きと

青田伸夫　神奈川県

コロナ無きすがしき世をば願ひつつ今朝も食事の椅子にし座る

青戸紫枝　神奈川県　濤声

三度目の疫禍の夏を清冽に咲きいでにけり木槿の刻（とき）は

青沼ひろ子　山梨県　みぎわ

何処にいるのって云えば此処にいるよってコロナウイルスでてきそう

明石雅子　北海道　短歌人・花林

黙食黙浴黙食黙浴黙乗と経を唱ふるごとき日常

亞川マス子　神奈川県　まひる野

メタセコイアはたあけぼの杉よ平和といふ花言葉降らせこの地球（テラ）の上（へ）に

秋岡麻美子　岡山県　綱手

パーサヴィアランスは火星に生命(いのち)の痕跡をさがすコロナ禍の地球をあとに

阿木津英　東京都　八雁

伝播力つよきはよからずうぃるすもにんげんのする宣伝然り

秋葉静枝　茨城県　星雲

南面の一双の虹コロナ禍の中に唯一頼りになるか

秋葉四郎　千葉県　歩道

コロナ禍に二年傷心の老の身は致し方なく日々家ごもる

秋元千恵子　山梨県　ぱにあ

地球（テラ）渉るコロナウイルスに立ち向う「医は仁術」の鑑（かがみ）のすがた

秋山佐和子　東京都　玉ゆら

元首相銃撃の報無音にてワクチン接種の医院に流る

秋山律子　千葉県　未来

ワクチンを急かされながら第七波来るぞ来るぞと生きゆくあわれ

浅野真智子　石川県　国民文学

いくたびも花を求めし店先に文字ひつそりと「閉店します」

梓志乃　東京都　芸術と自由

救急車悲鳴をあげて行方迷走　コロナの街の闇の深さに

東洋　千葉県　音

雲ひとつなき秋空の無辺際　咳ひとつする片隅がない

麻生由美　大分県　まひる野

またいつか　声はマスクにくぐもれば両手を挙げてぶんぶんとふる

足立晶子　兵庫県　心の花・鱧と水仙

ウイルスは一種でたくさん北方の変異種もまた虎視たんたんと

足立尚計　福井県　短歌人

コロナ禍の中で自死した青年の弔ひ帰りくちなはを蹴る

足立敏彦　北海道　新墾・潮音

コロナ禍の一つ巷にとどまりてエゴの塊かカラスらわれら

阿部栄蔵　群馬県　青垣

コロナ禍に小枝の先まで咲き揃ふ桜並木に人の少なし

安部真理子　東京都　谺

勤務表に書き込むための体温を測られてゐるおでこ晒して

英保志郎　奈良県　音聲

ＰＣＲ検査は医療センターのドライブスルーで処理されてゆく

天野匠　東京都

アップルパイ食むとき春の新婦(にいびと)が顔かたむけてマスクをはずす

甘利祥子　山梨県　国民文学・樹海

おたまじゃくし畦に数ふる園児らのマスクとりどり水の面に弾む

荒木る美　石川県　ポトナム

二年(ふたとせ)を拭い去りたき人々の声さんざめく桜のしたに

有沢螢　東京都　短歌人

コロナ禍の夏となれども胸中に不在の部屋のありて開かず

安藤直彦　兵庫県　八雁

コロナ下を家籠りをればなになくに机の脚の捻子締めなほす

安藤春美　愛知県　国民文学

拡がりゆくコロナウイルス国境に宗教、人種に拘はらざりぬ

飯沼鮎子　神奈川県　未来

「わたしたちはマスクをしない」ガラス戸に貼り出されてるオーガニックカフェ

五百川紘子　北海道　潮音

マスク顔も長くなりたり外したらわれは老いゐて浦島太郎子

五十嵐順子　千葉県　歌と観照

ウイルスの満ちている世に人ら慣れ黒マスク赤マスク怪しくもなし

井口世津子　東京都　雲珠

雨戸閉め門燈消してコロナ禍の今日のひと日をまた追いやりぬ

井ケ田弘美　埼玉県　かりん

コロナ禍に会わず話さず言語野が萎縮してます前頭葉で

池田美恵子　愛知県　国民文学

「天国は穏やかですか」コロナ禍のけふを問ひたり遺影の母に

池永和子　東京都　プチ★モンド

ウィルスの不敵にはびこる如月の煮詰める苺の赤黒き照り

池本一郎　鳥取県　塔

〈森林のまち〉真庭市ぞコロナ禍に克ちて集いぬ歌びと四十

石井幸子　広島県　音

抱き合ひて泣く人を見る二歳の孫わからないけどわからぬなりに

石井照子　東京都　かりん

コロナ禍をこもれば拡がる人間の間を吹きゆく風に躓く

石井雅子　千葉県　香蘭

一人づつ小声で歌ふ合唱歌「この（コロナ禍の）星に生まれて」

石川美南　千葉県　pool

〈宣言〉は人の心を冷やすもの　駐輪場に輪を収めゆく

石川幸雄　東京都　蓮

そうだけど、コロナだから。と言い訳のできる暮らしが終わってしまう

石原秀樹　群馬県　笛

夕映えの屋上ガーデンに風わたり航空機飛ぶ微粒子は舞ふ

石原洋子　埼玉県　合歓

限られた人しか会えぬ二・三年　限られた人と途切れてならじ

伊志嶺節子　沖縄県

顔を変えしのび寄るコロナ着々と宇宙開発進む世紀に

伊勢方信　大分県　朱竹・笛

このやうにたづきは狭められゆくと疫病禍（えやみくわ）のもとに鎖（さ）す街を行く

磯田ひさ子　東京都　地中海

良きにつけ悪しきにつけてコロナ禍の矢面に立つ雷門赤し

伊田登美子　神奈川県　醍醐

いくばくの命か知らずワクチンの接種に老いの二の腕さらす

井谷まさみち　和歌山県　水甕

コロナ禍に籠もり居長くおのづから梅の蕾に心を託す

市川光男　長野県　未来山脈

四回のワクチン接種われ終えてコロナの波に立ち向かうなり

一ノ関忠人　神奈川県

うやむやのうちにうやむやに侵されてこの社会やがて滅ぶるものか

櫟原總　奈良県　ヤママユ

古都の町にだれもをらずに鹿ばかり草はみてゐる夕暮れ宇宙

井辻朱美　東京都　かばん

要らない声も降るべき歌もみな風がデリートしていったと思う

伊藤一彦　宮崎県　心の花

暴力を使はず人を死なしむるウイルスさなきだに暴力の世に

伊藤香世子　埼玉県　鮒

アクリル板はさむ席にも慣れ来たる声かけられてあたふたしたり

伊藤正幸　福島県　潮音

コロナ禍の自縄自縛をほどかむと勿来の海の強き風受く

伊藤理恵子　東京都　星雲

傍らの人殪れゆくコロナ禍を擦り抜けながら生きをり今日を

糸川雅子　香川県　音

七たびの波近づくを報じられ手帳に予定また消してゆく

稲垣紘一　神奈川県　潮音

談笑を忘れて固き口と舌ごつくん体操ひとり楽しむ

稲富啓子　長崎県　水甕

この子らのパワー発揮をさせるすべ無くてマスクで黙食させたり

井野佐登　愛知県　まひる野

まつすぐに肩峰下深くワクチンを射つに慣れたり患者も我も

井上登志子　大分県　ぷりずむ

感染者増えゆく日々を怯えしが驚きうすれ馴れゆく怖さ

井上美地　兵庫県　綱手

事あらば「核」にまみれむこの星といえど手洗いマスクをつけよ

井上美津子　埼玉県　玉ゆら

ただ無為に過ぎるのを待つコロナ禍にこころの衣食が足りなくなりぬ

伊吹純　愛知県　未来

方丈記の飢餓疫病を読みながら新コロナ対策をありがたく思う

今井恵子　埼玉県　まひる野

マスクして昼の電車に揺られおり口紅引かぬこの安堵感

岩崎嘉寿子　東京都　未来・地上

夕光を纏い祈りし背を思う托鉢僧侶コロナに逝けり

岩田記未子　石川県　白珠

真つ白な塩のごとき雪ふりそそぐコロナまんえんの地を浄むべし

岩田亨　神奈川県　星座α

口づけを拒める汝（なれ）はコロナ禍の終わるを待てとわれに言いたり

上田明　大阪府　白珠

十日間外出禁止と指示をされテレビと本と窓の青空

植松法子　静岡県　水甕

籠り居のつづく二年目プランターの花も野菜もよく育ちたり

鵜飼康東　大阪府

熱風のかなたの橋にゆらぐ旗からうじてガンバレミナミと見ゆる

宇佐美矢寿子　茨城県　星雲

コロナ禍に二年帰らぬ子の部屋に光となりて入り来るとんぼ

牛山ゆう子　東京都　滄

暗き井戸覗くおもひに空見あぐコロナ禍熄まず三度目の夏

宇田川寛之　東京都　短歌人

朝七時のラッシュアワーに感染の経験のある人を知りたし

内田弘　北海道　新アララギ

父の享年僅かに越えて兄は逝く冷たく哀しいコロナ禍の中

内田喜美枝　埼玉県　長風

野に遊びマスクを外す解放感コロナはここまで追いかけて来ず

内野信子　埼玉県　八雁・響

三年を会へざる幼の絵手紙に　ほら　ピーマンがはみ出してゐる

内山晶太　東京都　短歌人・pool

マスクしてマスクのなかにくしゃみせりなまあたたかきこの歳月を

宇都宮とよ　東京都　心の花

後楽園の脇道みどりまっさかりマスクはずして息をたのしむ

梅内美華子　東京都　かりん

陽性の父を呼び捨てにするといふ子どもが決めたコロナの掟

浦河奈々　茨城県　かりん

慣れてゆく日々をかたみに確認すコロナになつたらまづすべきこと

運天政德　沖縄県　黄金花

コロナ禍にマスク掛けいし合唱団籠るハーモニー「えんどうの花」

江坂美知子　大阪府　丹青

この先をやさしく生きむあふるるほど優しさに満つ思ひ出あれば

江副壬曳子　佐賀県　ひのくに

コロナ禍と熱中症を天秤にかけて思案のマスクとなれり

江戸雪　大阪府　西瓜

たらちねの母の両足こわばりしことはコロナにかかわりもなし

榎幸子　大阪府　ヤママユ

合唱団、指揮者、管弦楽団もみんなマスクのスターバト・マーテル

江畑實　大阪府　玲瓏

ひたすらに換気をせねば　ウィルスのやうにここにはナチズムがゐる

エリ　神奈川県　短歌人

籠らねばならぬこの時期　今日なにに成りきる遊び朝ごとにする

江村彩　大阪府　井泉

うすべにのTシャツの背のはかなさに気づけなかった　リモートの日々

遠藤たか子　東京都　かりん・baton

面会の出来ぬ入院さびしきか母が深夜にスマホを鳴らす

遠藤由季　千葉県　かりん

二年なるディスタンスありしみじみとレモンの絞られおる竜田揚げ

生沼義朗　埼玉県　短歌人

土曜日の京葉線はマスクした人いっせいに舞浜で降り

王紅花　東京都　夏暦

ゆふぐれの広場に不気味な笑ひ声父母と娘とドッジボールす

大朝暁子　北海道　原始林

パーティション隔てをれども編集員昼餉ともにすコロナ禍下火

大井田啓子　神奈川県　香蘭

日本は住みよい国ぞ居すわれるコロナ菌が口笛を吹く

大口玲子　宮崎県　心の花

焼香はなく拝礼のみ　故人だけがマスクをつけず写真に笑まふ

大熊俊夫　東京都　星雲

口ほどにやはりまなこはものを言ふマスクせるとも君とわかれば

大崎瀬都　千葉県　ヤママユ

「選別」とコメンテーターは口にする軽く深刻さを含ませて

大沢優子　神奈川県　中部短歌

好きな子にマスクない顔さらせぬとブラスバンドを辞めたる少女

大下一真　神奈川県　まひる野

おおかたは籠りて過ぎし一年の梓の落ち葉そぞぞと降る

太田豊　埼玉県　鮒

コロナ増えかつ緩み来る不可思議な油断の時を生きる危ふさ

大滝和子　神奈川県　未来

さばくゆく　さんぞうほうしのゆめに入るや２０２２ねんのころな

大津仁昭　神奈川県　心の花

ウィルスは着色されて空にあり古き不運の形はかくや

大塚秀行　東京都　歩道

散りそむる桜に雪の降りしきり自粛の街に満つるしづけさ

大月洋子　岡山県　龍

臨時休校終りて来たる児の頭を撫でむと伸ばす手の宙に浮く

大辻隆弘　三重県　未来

二回目の接種を終へて「と来りや、もう、こちとらのもんでい」と思へり

大友清子　熊本県　ヤママユ

面倒がるをとこと共に四回目接種にいづる酷暑の端を

大西久美子　神奈川県　未来・劇場

特注のアクリル板が区切る顔　顔顔顔が海を見てゐる

大西淳子　千葉県　コスモス・COCOON

海松色の沼となりたりふた夏をひらかぬままの市民プールは

大野英子　福岡県　コスモス

流浪するしかなき弱者を見ないふりしてゐる政治があぶりだされた

大野景子　愛媛県　まひる野

ひたすらに受け身に耐ふるコロナ禍のよろぼへる間の憲法九条

大野道夫　神奈川県　心の花

獣からコロナをうけし阿(あ)―1Q(いちきゅう)刑受けるべしプロメテウスの刑

大橋秀美　岡山県　龍

人通り少なき道にて「あつマスク」「まあいいか」独りごつ行く

大畑悳子　埼玉県　熾

自粛する今の有りようを語りたきに三密という語に縛られている

大林明彦　東京都　新アララギ

戦争もコロナ禍もない星(ほし)見つけ住(す)みたいとウクライナの少女つぶやく

大衡美智子　宮城県　橄欖

「本人の意向を尊重いたします。ワクチン接種も看取りのことも」

大松達知　東京都　コスモス

一市民、そんなひびきのこそばゆく二秒で終わる無料の注射

大森悦子　東京都　水甕

在宅はプロセス見えない仕事にて成果主義になりゆく職場

大森静佳　京都府　塔

席ひとつ空けて映画を観る五月ふたりに透明な子のあるごとく

岡貴子　東京都　まひる野

コロナ禍にくちびるさみし　あなたへの愛伝うる日も投げキッスのみ

岡崎裕美子　東京都　未来

換気よき店がいいねとトング持ち女三人ホルモンを焼く

小笠原和幸　岩手県

人の世に現れ出（い）でてウイルスは減つては殖えてせせら笑ひす

小笠原信之　神奈川県　橄欖

河沿いをマスク外して歩む時ああ吹ききたり昔の風が

岡田恭子　茨城県　餐

犬つれて新型コロナウィルスのまぎれんとする宵闇にいる

岡部史　東京都　塔

遠いペストの記憶を洗ひつづけては雨後の霧濃き石だたみの街

岡本育与　愛知県　醍醐

プーチンとコロナに阻まれ世界中暗雲のもと人心凍る

岡本弘子　宮城県　まひる野

口紅の付いてる使用済マスク売る女いて買う男いる

岡本幸緒　東京都　塔

丁寧にてのひら洗うひとなりき天然痘を診ていし父は

岡本瑤子　福岡県　国民文学

ウイルスや人の意志なる戦（いくさ）にて滅びをみむか　されど英知を

小川恵子　岐阜県　池田歌人

唯ひとつのまだまだまだの命なり新型コロナに奪はれてしまつた

小川優子　東京都　短歌21世紀

好きなひとにしか見せずにゐるうちにどこか秘部めくくちびるの赤

沖ななも　埼玉県　熾

ウイルスは人類の前に平等知恵のあるなし財の有無の差

小木宏　東京都

老木は今年も花をつけていてコロナもウクライナも知らぬがに

荻本清子　埼玉県　歌界

5波(は)6波(ぱ)荒(すさ)ぶるコロナウイルスは参万千余の死を記録する

奥田陽子　埼玉県　地中海

車椅子杖つく人も集まりてワクチン接種の会場に待つ

奥村晃作　東京都　コスモス

コロナ禍で大道芸人来なくなり悲しみ居らん広場の地面

尾崎朗子　神奈川県　かりん

息浅く暮らすコロナ禍コマドリとなして森へとこころを放つ

尾崎まゆみ　兵庫県　玲瓏

すてきだな面倒だねとマスクから鼻が半分見え隠れして

小佐野彈　台北市　かばん

しかたないと思へぬしかたなさしかと胸に残れるリモート葬儀

小澤京子　東京都　塔

沐浴は「黙浴」とあり　いつの日か漢字テストに認めらるるや

小塩卓哉　愛知県　音

地下鉄の漆黒の窓に映りおり真白きマスク付けた七人

押切寛子　東京都　宇宙風

マスクとふ白き小さきもの要らぬあの世ならむか死者は発ちにき

押山千恵子　北海道　未来

この夏の朝々を庭隅に旭蘭紫掲ぐコロナ禍のため

小田亜起子　埼玉県　合歓

ワクチン接種に高熱となりし体奥に耳をすませば遠きかなかな

小田鮎子　福岡県　八雁

人挙り今宵閉店する店を列を成しつつ取り囲みたり

小田部雅子　静岡県　コスモス

へそのなき蛙よへそのある猫よ朝日のなかのラ・ヴィータ、ラ・ヴィータ

落合けい子　兵庫県　鱧と水仙

外つ国は鰐も孔雀も街をゆく人消えしのちかくのごときか

小野雅子　千葉県　地中海

江戸川区、中止となりて安堵する小学生のパラリンピック観戦

小野光恵　千葉県　弦

鍵鎖（さ）せる老いの館に忍び込み婆を狂はせ泣かせしは誰（たれ）

小野寺洋子　宮城県　熾

コロナとはウイルスとのみ記憶されんこの児らに空の青さを

小原文子　茨城県　塔

夕映えの渡良瀬を飛ぶ白鷺にコロナ収束の願い乗せたり

か行

貝沼正子　岩手県　未来山脈

足型はエレベーターの四隅向き見ざる言わざる押した階まで

香川哲三　広島県　歩道

コロナ禍の日々にしありて咲き匂ふ風蘭白き花夜もすがら

香川ヒサ　大阪府　鱧と水仙

増えすぎた人類の踏む薄氷が割れて世界は沈没しさうだ

影山一男　千葉県　コスモス

尾身さんをこの頃は見ずついマスクはづしたくなる秋の昼すぎ

影山美智子　千葉県　かりん

都市ロックの上海ゆ一時帰国の報こころだのみの七波のゆくへ

笠原真由美　長野県　未来山脈

アクリル板越しに微笑みあいながらクリームあんみつ美味しかったね

風間博夫　千葉県　コスモス

再放送画面にマスク見かけない三年前のすがしき世界

樫井礼子　長野県　歩道

コロナ禍の収まらざれば御柱(おんばしら)の木落(きおとし)つひに中止とぞいふ

梶田順子　高知県　海風

日本平ホテルの芝生こどもの日マスクの子らは声あげ走る

柏木節子　埼玉県　合歓

「自宅療養首尾よく完了」言祝ぐも幸運といふ神の気まぐれ

梶原さい子　宮城県　塔

触れるなと言はるる日々にエレベーターのパネルの点字粒立ちてをり

春日いづみ　東京都　水甕

人に会はねば舌も縮みてゆくならむ巻き舌に言ふ雷鳥、喇叭

春日真木子　東京都　水甕

はや三年（みとせ）洗ふ洗ふの五指の間（あひ）こぼすな洩らすな「生」への夢は

片岡明　茨城県　長風

コロナ禍に染まらず白のいさぎよき泰山木は空向きて咲く

加藤治郎　愛知県　未来

顔と声いまここにある喜びよ梅の花咲きふたりの宴

加藤隆枝　秋田県　短歌人

騒音や異臭気になる夏さらに脅威増したり見えぬウイルス

加藤孝男　愛知県　まひる野

深更をプルタブの銀ひき抜けば渇ける砂漠がいずこにもあり

加藤直美　兵庫県　水甕

幸せのそれと気づかずよけてゐたプリンの脇のチェリー（枝付き）

加藤英彦　東京都

ガード下の酒房に〝黙呑〟と貼られいてぐいと盃ほして出で来ぬ

鹿取未放　神奈川県　かりん

うらしまくらげ煙のやうにただよへるあの世のやうなこの世みてゐる

金子貞雄　埼玉県　作風

紅（くれなゐ）を清楚に咲ける曼珠沙華コロナ禍の世を涼やかにせり

金子正男　埼玉県　長風

寒風の静まるを待ち夕つ方ワクチン接種へ自転車を馳（は）す

金子智佐代　茨城県　コスモス

コロナ禍の会へない時間が育てたる十八キロは抱き上げられず

加部洋祐　神奈川県　扉のない鍵・舟

禍事の市街をマスクして歩むわが微笑みは悟られもせじ

鎌田和子　北海道　歩道

大雪にて列車走らずその一方コロナ・オミクロン勢ひを増す

上條雅通　埼玉県　笛

十五分小さき画面に声かけぬ病床の父起きて映れば

神谷佳子　京都府　好日

ガラス戸ごしケータイ片手に十五分まさに面会二年を経たり

香山静子　神奈川県　香蘭

コロナとふ良からぬものに阻まれて今年も帰郷の夢は叶はず

雁部貞夫　東京都　新アララギ

空咳（からせき）をしただけなのに睨（にら）むなよコロナ時代の女は怖し

苅谷君代　神奈川県　塔

駅で配つてくれた小さな時刻表なくなりて「困ること」のふえゆく

川﨑勝信　山梨県　富士

マスクいらぬ山はよきかな日に翳りとほく芒の原はま白し

河路由佳　東京都　新暦

被災者ならアスリートなら患者ならどう考えるコロナ禍五輪

川島結佳子　東京都　かりん

副反応の熱で目覚める真夜中が過ぎるのをリュージュの姿勢にて待つ

川田泰子　茨城県　長風

口に手をあてつつ急ぐスーパーのマスク売り場に何はともあれ

河田育子　愛知県　音

コロナ禍のまだ不安なる暁暗を裂き着弾す地響きたてて

川田茂　神奈川県　中部短歌

感染の数をあらはす電光は硝子の壁をそつなくながる

川田由布子　東京都　短歌人

横断歩道を力士ふたりがやってくるどちらも黒の不織布マスクで

川野里子　千葉県　かりん

パンデミック　ミルクの表面張力のゆれやまずをり心にいつも

河野泰子　徳島県　未来・七曜

コロナ禍にスマホは鳴りてただ一人の叔父逝きませり　半月前に

川本千栄　京都府　塔

保護者へのお知らせメールはこのところ「本件濃厚接触者無し」

神田あき子　愛知県　歩道

マスクすれば立話することもなく用事はやばやと終へて帰り来

寒野紗也　東京都　未来

舞囃子「田村」に踏みしむ六拍子流行病（はやりやまい）はいつの代にもあり

菊池哲也　岩手県　熾

どの峠越ゆればコロナのなき国ぞさう思ひつつまた一つ越ゆ

喜多隆子　奈良県　ヤママユ

大波の七波感染猛る夏　祇園祭に寄する人波

北神照美　千葉県　塔・舟

まだ息が切れてゐるのに髷ゆらし切手貼るごと力士はマスクす

北久保まりこ　東京都　心の花

アルコール消毒に負け血が滲むわが生命線　しつかり生きろ

北西佐和子　石川県　作風

掛軸を〈好日近〉に掛け替へて悪疫コロナの終焉いのる

北山あさひ　北海道　まひる野

虚しさの胸の底(そこい)に立つ塔よどんな色にも光らせねえよ

木下こう　三重県

ぎんいろの象の足跡はてしない　くさはらの草をまるくひろげて

木下孝一　東京都　表現

紫陽花の藍(あゐ)の花雨に濡れてゐて四度目のワクチン接種日けふは

木下のりみ　和歌山県　水甕

列島にマスクは満ちて白桃はうすき皮もて水を包めり

木ノ下葉子　静岡県　水甕

刷り込まれし「弾くるバブル」の心ありてバルブ方式と読み過てり

木畑紀子　京都府　コスモス

〈会ひたい〉といふ火をそつと消壺に入れて三たびのコロナ禍の春

君山宇多子　静岡県　濤声

疫病の熄むなきけふを発たむ子が惜しみなきまで見する横顔

木村文子　北海道　地中海

救急車が絶えずゆきかうこの町をマラソン選手は駆け抜けてゆく

木村輝子　大阪府　塔

田んぼにはコロナ居らぬと稲の花見てまはる父九十八歳

木村雅子　神奈川県　潮音

ひさびさに歌会ひらく　椅子ひとつ一人一人の間に置いて

経塚朋子　東京都　心の花

四回目ワクチン接種に夫は出づ豪雨をはらむ梅雨空の下

久我田鶴子　千葉県　地中海

昼間から天ぷら揚げて蕎麦をゆで在宅勤務のひとに供する

久々湊盈子　千葉県　合歓

みなぎらう夏のひかりにとられたる友あり誰の手も握れずに

草田照子　東京都　かりん

せんせいはご多忙ならむコロナ禍を折りをり訪ねたまふ友の夢われの夢

楠田立身　兵庫県　象

白蓮は全き白にゐまひたり疫禍の京口駅前広場

楠誓英　兵庫県　アララギ派

こんな顔してゐたつけしげしげとマスク外せるあなたを見つむ

工藤邦男　青森県　潮音

三年振りの桜まつりが大成功〝ジャンボこんにやく〟完売せりとふ

工藤徑子　神奈川県　潮音

ひとことも発せず日永のいちにちが過ぎてゆくなり　口を漱ぎぬ

久保田和子　千葉県　合歓

夕方の食品コーナーのレジ打つは慣れぬ手つきの男性社員

久保田智栄子　広島県　コスモス

真珠色にかがやきながら燃えてゐるそれをコロナと呼んでゐたのに

久保田壽子　山梨県　国民文学

ガラス窓隔てて会ひし夫思ふ雨に打たるる紫陽花の藍

久保田登　東京都　まづかり

定住漂泊・机上旅行など似たやうな語彙もてあそびまた冬となる

熊谷淑子　北海道　個性の杜・合歓

コロナ禍の鈍い闇ものどろり行くな三黙　三密マスク

熊谷龍子　宮城県　礁

コロナ禍ゆえ娘の帰りこぬ夏の庭　常より杳きアンタレスたち

久山倫代　岡山県　かりん

消毒もマスクも慣れて風邪ひかずこのしんとしたさびしさも慣る

倉沢寿子　東京都　玉ゆら・歌のまれびと

顔半分マスクに隠して歩む日々目と耳するどくなりて疲るる

倉林美千子　埼玉県

抜糸済まぬうちに退院病院はコロナ患者にあふれてゐると

蔵増隆史　東京都　鮒

四度目のワクチン注射は蝉が鳴くクルーズ船もはるかに遠く

栗明純生　東京都　短歌人

われらにはウイルスなりの物語ヒトにもそれがあるようにある

栗木京子　東京都　塔

煮こごりの中にうごめく都市の見ゆＧｏＴｏ企画また始まるか

栗原寛　東京都　朔日

いつの間にか僕も含まれてゐるらしい「私達は」とあなたが言へば

黒岩剛仁　東京都　心の花

ネットでは営業のはず早稲田志乃ぶ定休日にて深く静もる

黒岡美江子　千葉県　コスモス

リュウグウの砂持ち帰る叡知もて人は断つべし新型コロナを

黒崎由起子　兵庫県　旅笛

ウイルスに侵された人をつまみ出し街は優しい雨に濡れゆく

黒澤富江　栃木県　朔日

真昼間のコンコースから人消えて鴉群れをり疫禍の春を

黒瀬珂瀾　富山県　未来

熱いでて告げざる数多（あまた）さもあらむ衆生は官をあふるる清水

黒沼春代　千葉県　合歓

籠もり長きに疲れはて鴨川の鈴木真砂女に会いに行きたり

黒羽泉　長野県　音

ワクチンで片手上がらぬ娘(こ)の髪を洗ひやりたり十余年ぶり

桑原正紀　東京都　コスモス

殖えすぎた人類淘汰のプログラムならずやウイルスも〈渠(かれ)〉の狂気も

桑山則子　神奈川県　滄

三密をさける日常友らとの交歓会など絶えて久しき

小池光　埼玉県　短歌人

隣室のドアを開ければ「コロナ」がそこに立つてゐるのかほほ笑みながら

小泉桃代　茨城県　星雲

過去最多更新の日々に狎らされてコロナ禍の街の晩餐に集う

小泉史昭　茨城県　玲瓏

炊き出しにすがりその日の食を繋ぐ列にあまねし寒の星座は

小市邦子　神奈川県　潮音

コロナ下に料理開眼の夫といふ長女に持たせるオリーブ油の小瓶

甲地玄英　岩手県　はるにれ

コロナに逝き、ワクチンに殺す。忘却の闇にかへりみる未来　恙みなかれ

河野小百合　山梨県　みぎわ

ビニールの手袋をして朝食のビュッフェに先ずは金のオムレツ

古志香　埼玉県　かりん

「全部脱ぎ玄関からは猛ダッシュ、シャワー浴びるの！」コロナ禍の春

小島熱子　神奈川県　短歌人

アンソールの仮面をつけて往き交へる人らかマスクはづしてなほも

小嶋一郎　佐賀県　コスモス

誤りて言ふこともなしディスタンス、フェイスシールド斯く口馴れて

小島なお　東京都　コスモス

声は変わり、心も変わる。柑橘を嗅いでからだを変わってもいい

小島ゆかり　東京都　コスモス

オンライン会議終はればしんとひとり生身（なまみ）の桃を猛然と食む

小谷陽子　大阪府　ヤママユ

防護服まとへるわれと夫（つま）きみと月面歩むごとし死者に添ふ

後藤恵市　神奈川県　日本歌人

午後四時となるも日暮れずガンガンと陽光降りて空気熱する

後藤由紀恵　東京都　まひる野

「あの夏」と記憶されるか八月の樹下にならびてワクチンを待つ

小西美根子　大阪府　風の帆

罹患して生還果たしし百歳の母言う「わたしコロナになったん？」

小橋芙沙世　高知県　星雲

不要不急こそが文化だそうだよね雲なき空へ深呼吸する

小林靄　群馬県　星雲

去年今年出会いし人にまだ顔の下半分を見せてはいない

小林敦子　静岡県　濤声

乗車券買ふ手順にも緊張す移動自粛の二年を過ぎて

小林登紀　東京都　丹青

コロナ禍の長き休校で明かさるる給食に命をつなぐ子どもら

小林幹也　兵庫県　玲瓏

試供品のドリンクもらひ接種場を出づれば猛暑ぢりりと戻る

小林幸子　千葉県　塔・晶

朝に夜にながき祈りをいのられて仏壇のなかもコロナ世

駒田晶子　宮城県　心の花

見えぬまま声持たぬままウイルスの寄生し増殖し変異して

小松昶　奈良県　新アララギ

吾が診る人なべてコロナの患者かと疑ふ己に日々わだかまる

小松久美江　愛知県　水甕

マスクして月しろき八瀬の螢狩り　黙歩黙視黙想の影

小見山泉　京都府　龍

人ひとり郵便夫さへ来ずなりて笊（ざる）にほつほつむかごを落とす

小宮山久子　長野県　滄

三人の子らの家族がうちそろひわが居間にをり盆オンライン

小村井敏子　神奈川県　ナイル

いくたりを自死に追いやるコロナ禍かよき芸ひとつこの世から消ゆ

米田郁夫　奈良県　コスモス

涼やかに遺跡の説明する女子はマスクを時をり指もてつまむ

米田靖子　奈良県　コスモス

村人らその妻を責める　コロナ疫（え）の夫をかばひて自殺せし妻

小山常光　神奈川県　歌と観照

防菌と経済の間に揺れ動く　政治の行方心許なし

小山富紀子　京都府　コスモス

重なれば異常も日常コロナ禍の街もテレビの戦禍の街も

近藤かすみ　京都府　短歌人・鱧と水仙

もうなにが本当なのかわからない鋳われた指にマスクを外す

近藤芳仙　長野県　地中海

長逗留しすぎましたと帰りゆくウイルスのあれよ小豆飯炊かむ

紺野愛子　愛知県　国民文学

父母の墓参叶はず盛岡は勿忘草の淡く咲く頃

今野寿美　神奈川県　りとむ

手を洗へ　きのこ洗ふな（洗ひます）ただわたくしのためのみならず

紺野万里　福井県　未来

マスクかけ離れて永遠の礼をする桜の色の友の柩に

さ行

三枝昂之　神奈川県　りとむ

やはりあれは武漢ウイルスではないか人民共和国という反語の国の

三枝浩樹　山梨県　沃野

会うことはいまはかなわね酌む酒の吟醸の香に春を行かしむ

斉藤光悦　埼玉県　熾

水晶体いま燃ゆるかと思うまで残照美(は)しきコロナ下の首都

斉藤梢　宮城県　コスモス

不穏なる外気のなかを冷え冷えと咲くヒヤシンス生きるウイルス

斉藤斎藤　東京都　短歌人

トースターの窓もきれいに拭きながらばからしいほどあなたを待った

斎藤知子　神奈川県　玉ゆら

コロナ禍にやうやう集ふ二家族　母の七回忌に会食はせず

斎藤典子　奈良県　短歌人

三回目のワクチン接種受けにゆく身体があれば命もありて

斉藤毬子　埼玉県　短詩形文学

花の種蒔きしプランター十（とお）あまりコロナ恐怖症の児の育ている

齋藤芳生　福島県　かりん

雉鳩と雀、鴉と四十雀、人とマスクをした我の距離

佐伯裕子　東京都　未来

ウイルスを配るがごとく避けられる郵便配達の子は戸口にて

坂井修一　千葉県　かりん

いつしらにわれがいちばん白くなり人間あたまＺｏｏｍに並ぶ

坂上直美　京都府　地中海

人類は滅びに向かう何ものか目に見えぬもの地上を覆う

坂原八津　埼玉県　熾

憶測を投げ合う　SARS-CoV2　宿主生物ホモ・サピエンス

坂本朝子　石川県　新雪

ポストまでとマスク忘れて歩みゆく暫しを罪びとのごとく俯き

坂本信幸　奈良県　龍

コロナ禍といへど過ぎ行く日々のありて歌を詠むなり命の歌を

阪森郁代　大阪府　玲瓏

躊躇なく遺体が密封されしこと日暮るるやうに忘れ去られむ

佐久間晟　宮城県　地中海

永らえばコロナ禍と言う世に出合うこれも後世（ごせ）の話題となさん

桜井京子　東京都　香蘭

戦争で地震でコロナで死ぬ人よわたしは窓辺に灯りをともす

桜井健司　神奈川県　音

アクリルの板の向こうにウイルスは片笑みて問う「密とは、何ぞ」

桜川冴子　福岡県　かりん

ぶつからぬやうに疎開の母を連れウイルス戦の駅にぞ入るる

笹公人　東京都　未来

自粛生活五十日目の寂しさはカップヌードルに金粉降らす

佐々木佳容子　大阪府　白珠

出会うたび「楽しんでるわ」が口癖の彼女のマスクは今日みどりいろ

佐々木寛子　秋田県　心の花

会えぬまま三度目の夏　七夕の星たちよりもふたり子遠し

佐佐木定綱　東京都　心の花

『閉店』の貼り紙いくつも積み上がり月の光に横丁燃える

佐佐木幸綱　東京都　心の花

無縁なる人と思いき　黒死病用くちばし型のマスクの男

佐田公子　埼玉県　覇王樹

触角を暫し出しては引っこむるででむしのごと長き巣籠り

佐竹キヌ子　神奈川県　星雲

梔子のかをれる店で弟とアクリル板を隔て乾杯

佐藤遵子　大阪府　白珠

「反応は」生徒の目元に敏感になれりマスクで授業の三年

佐藤孝子　栃木県　星雲

今更にワクチンなどとふ百歳の媼なだめて伴ひゆけり

佐藤千代子　東京都　歌と観照

第七波　人影はなし覆いたるマスク外せば息生き返る

佐藤淑子　宮城県　群山

イヤリング眼鏡にマスク掛かる耳朶くたびれをらむ風にも吹かれ

佐藤モニカ　沖縄県　心の花

しろたへのマスクの内に話すとき言の葉すべて雲となりたり

佐藤弓生　東京都　かばん

もの思う確率として歩きおり以前より死にやすい地上を

佐藤よしみ　神奈川県　帆・HAN

微熱もつ身は罪人のごとくして振り分けらるる病院のドア

佐野督郎　宮城県　長風

コロナ禍の夕暮れ風の白く吹く震災のかの春の日のごと

佐野豊子　東京都　かりん

一筋の涙がマスクに消えてゆくアクリルボードの姪を見つめる

佐波洋子　神奈川県　かりん

第7波コロナ感染拡大はリモートワークの娘(こ)にまで及ぶ

鮫島満　東京都　月虹

土破り団栗芽吹く　年輪は疫病(えやみ)の時を永く刻まむ

沢口芙美　東京都　滄

にぎやかに友らと語らふ機も失せてマスクに個々を隔つる三年

澤村斉美　京都府　塔

バランスボールに乗りつつ上下に揺れてゐるけふも部長は画面の中に

三本松幸紀　東京都　はるにれ

父母を佚ひし仔(こ)らの行く末を問ふすべもなく涙こぼれく

塩入照代　千葉県　万象

コロナ禍に荒(すさ)むこの世や義務のごとたとへばマスク・体温・三密

塩川治子　長野県　水甕

コロナ禍に進攻ありてひっそりとシネマ「ひまわり」ヒマワリに泣く

鹿井いつ子　熊本県　梁

「コロナまだゐる?・」見上げつつ問はれ「ゐるゐる!」小さなマスクにチョンと触れ

志垣澄幸　宮崎県

出無精になりてしまへりコロナ禍を理由に欠会のハガキ出したり

柴田典昭　静岡県　まひる野

コロナ禍に千代もと祈れず語りえず病みゆきし母と永遠(とは)に別れぬ

篠弘　東京都　まひる野

東京に凱旋門なし仰ぎゆくアーチまぶしむ銀杏の若葉

島晃子　神奈川県　ぷりずむ

禍々しき刻印のごとし十歳の頬にマスクの日焼けせし跡

島崎榮一　埼玉県　鮒

これは歴史の神のあやまち黴菌にコロナ模様のデザイン許す

島田鎮子　石川県　沃野

左手の拳に右手の指そへてあなたに習ふコロナといふ手話

島田修三　愛知県　まひる野

得体知れぬウイルスの跋扈にまぎれつつ内親王の「彼」のことなど

島田幸典　京都府　八雁

額より抜きたるごとき体温を記してわれの入館許す

清水麻利子　千葉県　花實

息子らの肩のひとつも撫でやらずバスを見送る再会つかの間

清水素子　東京都　覇王樹

その服を大事にせよと言った友コロナで会えず離れて三年

下田秀枝　長崎県　波濤・あすなろ

旅程までねむごろに見てコロナ禍のツアーのちらし畳み重ねる

下村すみよ　埼玉県　短詩形文学

ドアノブに触れないように身を躱(かわ)し宅配の品届けくれたり

下村百合江　千葉県　国民文学

令和なる世の思はざるたたずまひコロナ禍ヒト科ぞホモ・サピエンス

庄野史子　東京都　まひる野

石鹼の泡に壊(こは)るるウイルスを人智集むるに解明できず

真後和子　神奈川県　日本歌人

コロナ禍に人の生誤(よ)する者いでてこの世あやしく漂ふけむり

晋樹隆彦　神奈川県　心の花

emergency 三年余り毒消しと思わねどウイスキーこの夜（よ）も嗜む

陣内直樹　神奈川県　厚木市短歌会

一週に感染一万強増やし冠の尖りのいよよ鋭し

水門房子　千葉県　舟・環

眠れない夜を何かのせいにする　また　春が来て　また春が来て

菅野節子　埼玉県　玉ゆら

残り糸編みては花になしてゆくひとりの時間わたしは巣守

菅原恵子　秋田県　かりん・かりん秋田・西仙北

就職の決まりし孫のふともらすコロナ禍つづき消えゆくよ「夢」

杉本康夫　埼玉県　歩道

やうやくに下火となりしコロナ禍か安堵しつつも気引き締むる

杉森多佳子　愛知県　未来

雲のない空のあをさに舟うかべ大船うかべ病床にせむ

杉山幸子　長崎県　水甕・あすなろ・NANIWA

横並び目を見ず話すことに慣れ髪の香で知るきみのうなずき

杉山みはる　静岡県　星雲

しろたへのマスクは時に優れものけさの吐息を包みてくるる

鈴木和雄　東京都　運河

八日間のホテル住まひを終へて妻帰るそばから掃除をはじむ

鈴木竹志　愛知県　コスモス

臘梅の明かり灯りてこの世にはいまだ手強きウイルスの惨

鈴木千登世　山口県　コスモス

病室の囲ひのなかで夫もまたひとりの音に飯(いひ)食みをらん

鈴木晴香　大阪府　塔

手のひらに消毒液は消えてゆきわたしの目に見えるのはそこまで

鈴木陽美　東京都　心の花

コッヘルにチーズリゾット作りつつおうちキャンプの雨の日曜

鈴木英子　東京都　こえ

マスクの遺族、フェイスシールドが迎える焼き場　母はここからのぼりゆく

鈴木眞澄　千葉県　歩道

施設にてコロナ被り逝きたりと兄を伝ふる夜の電話は

角広子　香川県　心の花

コロナ禍の長いトンネルその先にゆれるは光それとも陽炎

角倉羊子　東京都　旅笛

籠もる日の憂ひ凝りて言ひかくる外反拇趾ぞ街に歩めば

住谷眞　神奈川県　ナイル

ひとりゐのさみしらに聴く哀愁のセント・ジェームズインファーマリー

清宮紀子　千葉県　歩道

コロナ禍を知らずに逝きし父と母戦争を知らぬわれの日々過ぐ

関根榮子　埼玉県　地中海

雨上がりの気を深く吸う人気なき道に入りてマスクをはずす

関根和美　埼玉県　地中海

娘(こ)の声とわかるかまぶたの動き初(そ)め画面の母の顔は明るむ

関場瞳　東京都　鮒

腰すゑてしぶとき菌と戦へと太刀なす芋を子はかつぎ来る

関谷啓子　東京都　短歌人

よそ行きの服着て出かけることもなくコロナ禍の日々荒れゆくこころ

園部みつ江　茨城県　国民文学

火葬台に君の蒸気の舞ひしづみＰＣＲ陰性の骨顕れぬ

染野太朗　大阪府　まひる野

会えなさに距離も気持ちもかかわらぬ春、コーヒーの今日の五杯目

た行

高尾恭子　大阪府　地中海

じいちゃんの葬儀をしたっけ四度目のワクチン接種大規模会場

高尾文子　神奈川県　かりん

クラスター、パンデミック、トリアージ、疾（と）く浸潤す大和言葉に

高貝次郎　秋田県　覇王樹

立体インナーマスクは駄目と看護師に注意されたり小さな声で

高木佳子　福島県　潮音

波として識（し）りたるのちを渚辺の貝の白きとなりて黙しぬ

高崎淳子　山口県　かりん

届きたりアベノマスクに母と笑む水無月十日庚子忘れぬ

高島静子　東京都　ポトナム

三越のライオン像もマスクして疫禍の街に馴染み　はつなつ

高野公彦　千葉県　コスモス

コロナ禍で消えた無数の灯（ひ）の一つ神保町の飲屋〈酔（よ）の助（すけ）〉

高橋協子　石川県　作風

疫の世のマナーや間（ま）を空け並びゐるその間を人が会釈して過（よぎ）る

高橋愁　北海道　叙番外

殺すな　ころせ　コロナ　五郎助しろき門（と）の玻璃をへだてて雪が降りおる

高橋千恵　埼玉県　りとむ

無歓声ライブの一万八千人手拍子をしてタオルを回す

高橋美香子　東京都　覇王樹

せめてもの口紅だけが武器だったコロナ禍のわれ丸腰でござる

髙橋みずほ　神奈川県

なごやかなときの語らいに人生きて見えぬ菌死して見える菌

髙橋元子　埼玉県　朔日

叫びたき日々のつづくに目ざめるに　嘴（くちばし）おほきなる鳥のわれ

髙畠憲子　神奈川県　香蘭

孫のまた孫の時代に再びのパンデミック来むか燕は飛ぶか

高旨清美　東京都　晶

泰山木の白花うすく錆びながら咲き尽くしたり文月（ふづき）コロナ禍

高安勇　神奈川県

何処にでもコロナ禍の影　収束見えず人の絆も薄れるばかり

高山邦男　東京都　心の花

ウイルスを口からしぶき街中を元気に徘徊する感染者

田口綾子　東京都　まひる野

あの日あなたにあひたかつた、といふこゑもマスクの中にくぐもれる夏

竹内彩子　茨城県　谺

臆病と言はれてしまふ旅行には行けぬと友に伝へしときに

竹内由枝　埼玉県　りとむ

会へぬとて電話魔となり引きこもる友の寂しさ時空さまよふ

竹内亮　東京都　塔

アルコールをティッシュペーパーに含ませて卓を拭くとき気づく凹凸

武田弘之　神奈川県　コスモス

医者たちをねぎらふと首都上空にブルー・インパルス♡(ハート)を描く

田中愛子　埼玉県　コスモス

長でんわにつきあひくるる友ふたりゐてコロナ禍のちひさきひかり

田中槐　徳島県　未来

岡井さんにコロナの歌のあることの（間にあつてしまつたとでもいふ？）

田中成彦　京都府　吻土

会ひて飲むこと稀となり若きらに貰ふ賀状のいよいよ嬉し

田中拓也　埼玉県　心の花

四十の机の上を拭いてゆくそれぞれの位置確かめながら

田中徹尾　愛知県　心の花

四度目のワクチンあなたはまだですか主治医問いくる診察室に

たなかみち　兵庫県　青山

第三次世界大戦といふときの数詞恐ろし第七波よりも

田中律子　千葉県　塔

夢の中ではだれもマスクをしてゐない落葉を焚いて五人家族は

棚木恒寿　京都府　音

志村さんの喉から胸を思いつつ八朔に指を食い込ませたり

谷岡亜紀　神奈川県　心の花

悪人は誅殺せよと激しゆく覆面(マスク)の人はわが内にいる

谷本史子　岡山県　龍

晴れてこのマスク外す日の恐ろしさ鼻が現れ口が現れ

田野陽　東京都　歩道

三度目のワクチンを射ち新型のコロナはびこる都市に日を遣る

玉井綾子　東京都　地中海

夫に増すおうち時間は無色なりジェンダーギャップを妻から埋めん

玉城洋子　沖縄県　紅

亜熱帯の戻り寒さ吹く頃をコロナ近づく王冠ウイルス

田宮朋子　新潟県　コスモス

ニンゲンのなかのウイルスいふなれば地球のうへのニンゲンほどか

田村元　神奈川県　りとむ

ダイヤモンド・プリンセス号見えるよと立ち止まりたる非常階段

田村広志　千葉県　かりん

コロナ禍のなくとも三密ディスタンスに生きてる沙羅の一人暮らしは

俵万智　宮崎県　心の花

トランプの絵札のように集まって我ら画面に密を楽しむ

千々和久幸　神奈川県　香蘭

気休めのワクチン打って気休めの酒のむ一世（ひとよ）気休めに生き

千葉聡　神奈川県　かばん

職員室の出欠ボードにあたらしくかなしく追加したコロナ欄

津金規雄　神奈川県　コスモス

地中での生の記憶もあらざるかコロナの夏を蟬鳴きしきる

塚本諄　熊本県　水甕

液を受け擦りあふ手は揉み手とも思ひままよと室に入りゆく

月岡道晴　北海道　國學院大學北海道短大部句歌会

片耳だけマスクはずして茶をすすれば片肌脱ぎのもののふよ吾は

辻聡之　愛知県　かりん

二度三度聞き返したりアクリル板越しの昼餉にかげは撓みて

土屋千鶴子　埼玉県　かりん

患者管理票コピーする間を保健所の窓に見えたる虹を忘れず

恒成美代子　福岡県　未来

帰りくるを阻めるわれのかなしきろ流行(はや)りの疫病(えやみ)に揺れゐる母性

鶴岡美代子　千葉県　洸・国民文学

装ふは三年振りにて銀座へとお上りさんのこころに出掛く

鶴田伊津　東京都　短歌人

西瓜の種ぷぷっと飛ばすたのしみを忘れよ口は静かに閉じて

寺井淳　島根県　かりん

忌むべきを私愛に置き換ふるころ名のなき猫も名を持たむとす

寺島博子　栃木県　朔日

わが少女いつか思ひみよパンデミックに閉ざされてゐし七歳の夏

伝田幸子　長野県　潮音

ウイルスはコピーミスをし変異して令和に世界をひとつに繋ぐ

土肥義治　神奈川県　歩道

オンライン講演終へて寂しさや聞き手の顔の見えざりしかば

栂満智子　石川県　作風・新雪

三年ぶりと口々に言ひさんざめきむかし乙女らテーブル囲む

戸田佳子　千葉県　歩道

コロナ禍の三年目となりマスクする生活にわが慣るるともなし

利根川発　埼玉県　花實

野も山も緑深まる真夏日にコロナは拡大されつつゐたり

外塚喬　埼玉県　朔日

コロナもさうウクライナもさう怖しきことを晩年に知ると思はず

冨岡悦子　静岡県　星雲

新しいマスクをつけていざゆかん半化粧の葉の潔い白

富岡恵子　北海道　新墾

ワクチンの接種済証しつかりと手帳に挟みてどこへも行けず

富田豊子　熊本県　未来・梁

大戦の痛みをもちて國形の変らぬ列島信じて生きる

富田睦子　東京都　まひる野

ワクチンを打つ子打たぬ子混じりあい教室という隠り沼のなか

な行

内藤明　埼玉県　音

今日一日出でず語らず呑まざりき身中深く灯るアラート

中井茂　埼玉県　熾

人間を宿主と決めてそれからはコロナウイルス必死の変異

永井正子　石川県　国民文学

出歩かぬ身の衰へを転嫁してコロナを憎む人間果敢な

仲井真理子　富山県　原型富山

ひとりづつ被膜に包まれ流れゆく接種会場の風にも慣れて

長岡千尋　香川県　日本歌人

この国のうちにうごめく鬼(コロナ)らを祓ひ清めて夏もをはらむ

中川佐和子　神奈川県　未来

楽だともＺｏｏｍ会議に言い合えど何か足りない人間のなにか

中川宏子　神奈川県　未来

桃色のマスクが流行りファミレスが満席となる　コロナ終はるか

中里茉莉子　青森県　まひる野

姫りんごの青き実枝に光りつつ三度巡れるコロナ禍の夏

長澤ちづ　神奈川県　ぷりずむ

事故後二十日（はつか）玻璃をへだてて会う夫は御免わたしの知る夫ならず

中沢直人　東京都　未来・かばん

いたましく今日も見ておりパソコンで笑顔で喋り続けるわれを

永田和宏　京都府　塔

コロナ禍を生きるは幸せならざれどそれさへ知らぬきみをかなしむ

長田邦雄　埼玉県　歩道

終息にいたらぬ感染症により古代蓮花は朽ちて乱るる

永田紅　京都府　塔

ミーティング終わればさっさといなくなる窓は閉じるというより消える

仲田紘基　千葉県　歩道

マスクする顔の認証できざればパソコンがわれを探し続くる

中田實　千葉県　月光の会

禍つごと三歳（みとせ）蔓延る（はびこる）　日常と背中合はせの第七波とは

永田吉文　東京都　星座α

増えて減りまた増えてゆく感染者コロナも生のしぶとさを持ち

中西敏子　高知県　潮音

非正規の母へ「お腹がいっぱい」とこども食堂の兄と弟

中根誠　茨城県　まひる野

新コロナの第七波とぞこのたびは行動規制なけれど隠る

中野たみ子　岐阜県　国民文学

辞書に無き黙食とふを守りゐて昼の校舎に人声のなし

永平緑　神奈川県　潮音

戦火(せんくわ)好む男(ひと)への怒りぞコロナ禍は母の涙で消したきものを

名嘉真恵美子　沖縄県　かりん

月しろい朝の天頂見上げればこもる身裡を微風(かぜ)が吹くかと

長嶺元久　宮崎県　心の花

クレシェンドデクレシェンドを繰り返す新型コロナ狂騒曲は

中村キネ　青森県　雲珠

皺ばめる腕むき出しにワクチンを打ちてもらひぬ今日は四度目

中村敬子　東京都　コスモス・灯船

AI（エーアイ）よ若草色の数式ではじき出せコロナ生還者数

中村達　愛知県　歩道

コロナ禍のマスクの下の唇が言葉以外の心を見せず

中村美代子　埼玉県　花實

遠退きてゆける穏しき日日（にちにち）か疫病戦（いく）さ地球の過熱

永吉京子　沖縄県　未来

感染者の数字にもはや驚かずウィズ・コロナを地でゆく三年目

波克彦　神奈川県　歩道

盂蘭盆の夕かたまけてコロナ禍にマスクしわれら御詠歌唱ふ

波汐國芳　福島県　潮音

コロナ禍の震いはまだまだ尽きないね地獄渡しの舟に手繰るを

なみの亜子　奈良県　塔

足の甲冷たきひと日雪雲のすきまに何をか耐えているなり

成吉春恵　福岡県　ひのくに

コロナ禍のテイクアウトのプラ容器かくも嵩張るごみの袋に

錦見映理子　東京都　未来

金のふち鈍く光れる客用のカップとともに日々を籠れり

西田泰枝　京都府　青天

新型コロナ桜の季を席捲しだあれもゐない貴船、大原

野地安伯　神奈川県　白路

先行きの見えぬコロナ禍暮らしにて今日はインクの色を変へむよ

野田恵美子　愛知県　国民文学

手術(オペ)後なる夫への付添ひ許されず独り帰り来氷雨の夕べ

は行

袴田ひとみ　静岡県　国民文学

三十分ごとの刻みに並びたりずんずん進む三回目ワクチン

萩岡良博　奈良県　ヤママユ

人材として勤め　いま人流として枯れそめし軀をはこぶ

橋場悦子　東京都　朔日

非接触式体温計　生きもののうしろめたさに額を晒す

橋本忠　石川県　新雪

コロナ禍に外出ならずゆっくりと一合の酒を楽しむ夕べ

橋本千恵子　神奈川県　国民文学

コロナ来て世は混沌と三年目進化ウイルス嗤(わら)ふかワクチン

橋元俊樹　熊本県　稜

スーツ二着靴三足にて足る世となる祝儀・不祝儀かく減ずれば

長谷川富市　新潟県　短歌人

宇宙に浮かぶ地球の上に増殖するウイルスとして人類のあり

長谷川径子　愛知県　中部短歌

不機嫌な鳥の鳴き声キキキキキ緊急事態宣言発令

畑彩子　東京都　かりん

幽鬼のごとセイタカアワダチソウ群れて「蕎麦屋予定地」占拠しており

畑谷隆子　京都府　好日

コロナ禍の二年半ではふさがらぬ耳朶に四つの穴　また風が

服部えい子　埼玉県　林間

ふたり子を抱え娘はコロナ陽性　攪乱の胸に吹き込める風

花山多佳子　千葉県　塔

信心はあるやあらずや地蔵にも狛犬にもマスクをさせてゐる国

馬場あき子　神奈川県　かりん

アリ殺しゴキブリ殺しハエ殺し蚊殺しのわれワクチンを打つ

浜口美知子　埼玉県　響・十月会

置換りおきかはりつつ力増すオミクロン株の執念(しふね)を懼(おそ)る

浜谷久子　京都府　地中海

手短な会話手近な畑暮らし明けぬコロナ期侵攻の地鳴り

林和清　京都府　玲瓏

みなとみらいに花火があがりコロナ禍の終焉を祝（ほ）ぐ　あとのやみぞら

林和子　埼玉県　晶

ヒアシンスハウスは沼辺に忘れもののように佇むコロナの日々を

林三重子　埼玉県　鮒

世の習ひ変へゆくコロナ隣人の通夜も葬儀も知らぬ間に過ぐ

林田恒浩　東京都　星雲

コロナ禍にてしばらく会へぬ幼児がスマホのなかにコスモスと笑む

原賀瓔子　東京都　コスモス

クーラーをつけつぱなしの夏にして原発を匿すコロナの両手

東直子　東京都　かばん

コロナウイルスワクチン接種一回目終えてしずかな道をわたった

東美和子　熊本県　稜

いつの間に変異株へと変わりゆく思春期の子の言い訳のごと

疋田和男　長野県　潮音

古代にも遺跡の隅にひそみゐるウイルス菌は人間おそふ

樋口智子　北海道　りとむ

見られている感覚うすく見てしまうＺｏｏｍの画面に直面（ひためん）並び

樋口忠夫　埼玉県　潮音・花林

コロナ禍に雌伏三年なほ先見えず密にならざる文化や根付く

彦坂美喜子　大阪府　井泉

もう3年め変異続けるCOVID-19　マスク外せないはずしたい外せない

日高堯子　千葉県　かりん

にほひたつ白梅に紅梅ちりかかり人類憂ひの夜を花ざかり

日野きく　東京都　短詩形文学

三歳の子に大人とはみなマスク優しい笑顔見せてやりたし

日野正美　大分県　小徑

サルだイヌだといはれ厭はし汝よ菌（コロナ）　いとしく重し御身は光冠（コロナ）

日向輝子　神奈川県　綱手

もういいかい　応ずる声のあらざればおずおずと行く夜の渋谷を

兵頭なぎさ　香川県　やまなみ

コロナ禍の浜辺子どもらそれぞれに自が掘りし砂の穴のぞきゐる

平井啓子　岡山県　かりん

来よ来よとむすこは誘うコロナ禍のおさまりきらぬ赴任地リマへ

平賀冨美子　神奈川県　熾

手指消毒愚直なまでにつづけたり皮膚荒れるとも罹らぬやうに

平田利栄　福岡県　滄・華

入店時にマスクの無くてうろたふる　覚めてもしばし動悸速かり

平山公一　千葉県　潮音

ウィルスには効かぬ魔除けか段葛の狛犬までも大きなマスク

平山繁美　愛媛県　かりん

人よりも看護師として期待されもうずっとずっと白夜に生きる

広坂早苗　愛知県　まひる野

春の日の休日出勤　罹つたら読みたい本を鞄に入れて

深井雅子　茨城県　歌と観照

不織布のマスク笑顔で別れたり君はゆかしき歩幅に去りぬ

冨貴高司　京都府　熾

パトカーに出会えばマスク装着し制限時速以内で走る

福井和子　大阪府　ヤママユ

あつたうてき水感もてる柿の葉のみどりに染まらむマスクもろとも

藤井幸子　兵庫県　水甕

春の陽にかざせば重し三たびまで疫神鎮撫の針受けし腕

藤井玉子　岡山県　朔日

演説中に倒れし元首相の死を悼みアベノマスクをかけて歩めり

藤岡成子　兵庫県　コスモス

四回目のコロナワクチン接種終ふ梔子の香がとてもやさしい

藤岡武雄　静岡県　あるご

オミクロン日々にふえゆく家ごもり鉢の金魚をうらやみながら

藤川弘子　奈良県　水甕

ひとりごつ声はマスクの内がはにこもりて外に出づることなし

藤島秀憲　東京都　心の花

伝え聞くモデルナアーム一本を肩より提げて職場に着きぬ

藤田久美子　青森県　潮音

初歩行ほのぼのと光撒きてゐるコロナ禍の中生れ出でし君

藤田美智子　福島県　地中海

まはせよまはせケイザイまはせ人々はコロナ禍の街に飲みて踊れる

藤野早苗　福岡県　コスモス

コロナ禍下会へざる夜々の後のけふチャペルの鐘を鳴らす若きら

藤室苑子　東京都　かりん

師の愛す「七」なれどCOVID-19第七波まつぴら御免怨敵退散

藤本喜久恵　山口県　短歌人

骨壺に入りて帰りて来し人の葬儀ひそかに行はれたり

藤本玲未　東京都　かばん

かんざしのように桜が揺れている今年も帰れないと留守電

藤森あゆ美　長野県　未来山脈

帰省した息子を玄関に立たせたままＰＣＲを先にうながす

藤森巳行　埼玉県　地中海

お互ひにマスク帽子ですれちがふ行き過ぎてから友と気付きぬ

藤原勇次　広島県　塔

息のやむ二日ほどまへに許されて逢ひたる母の唇つやめく

藤原龍一郎　東京都　短歌人

マスクして地下鉄に乗るマスクして乗る地下鉄に救世主(メシア)はあらず

二方久文　東京都　ナイル

白壁にふるえておりぬ赤とんぼパンデミックな風に吹かれて

古木さよ子　静岡県　好日

白マスク外したる手をもて大豆播く土のにおいを楽しみながら

古堅喜代子　沖縄県　塔

「沈黙の春」にはあらねど明るき通りを人ら口覆ひてゆく

古澤りつ子　秋田県　白路

この線路歩けば吾子のすむ街かコロナ禍すでに三度目の盆

古屋正作　山梨県　樹海

「コロナ禍」に買ひ足せる大きマスク着け謹み辿る新盆の家

古谷智子　東京都　中部短歌

三度目の緊急事態宣言のこの世をかがやく五月の若葉

古谷円　神奈川県　かりん

はみだしたどら焼のあん食べる夜の暗黒にしてこのほがらかさ

逸見悦子　千葉県　歌と観照

稲の穂の出揃う畦に二年経て稲の香吸い込むマスクはずして

星野京　東京都　白珠

人びとの絆を裂いて増殖するコロナ菌に心まで侵されゆくか

細貝恵子　埼玉県　歩道

沈丁花のにほひになごむ日を迎へコロナのワクチン接種はじまる

細野美男　群馬県　地表

つぎつぎとコロナに罹るも殺処分さるることなきにんげんの群れ

穂村弘　東京都　かばん

蝶ほどの大きさとなりカタコトの言葉を話す新型ウイルス

堀井弥生　愛知県

明け方の街に若きら酔ひつぶれ悪疫の果て見えず三年

本田一弘　福島県　心の花

その前に常識だつたもろもろが脆く崩えゆくさまを見て来つ

本多稜　東京都　短歌人

旅やめて旅させんとす武蔵野の圃場に五大陸の作物を植う

本土美紀江　大阪府　好日

申しわけ程度にマスクをかけているあのお爺さん亡父(ちち)に似ている

本渡真木子　東京都　水甕・あすなろ

二年ぶり訪ひ来し幼のかけ寄り来マスクの鬱金香ひらいてとぢて

ま行

前田えみ子　千葉県　たんか央

帝都今日三万人越すとスカイツリーの真赤はしたたりながら空（そら）突く

前田康子　京都府　塔

昼と夕ちがう身熱示されて回遊魚のごとく街行く

牧雄彦　大阪府　地中海

人通りなほ絶えぬ夜の街角にコロナウイルスの宴はじまる

増田淑子　愛知県　国民文学

黙食も消えし行事もそのままに心残り数ふる卒業の朝

間瀬敬　東京都

おのづから節目とならむ過ぎゆきか予期もせざりし二とせなりき

松尾祥子　東京都　コスモス

孫〈陽性〉濃厚接触者のわれは家に籠もれり罪人のごと

松川洋子　北海道　太郎と花子・りとむ

核のボタン押すと脅かす狂人ひとり抑へ切れずに三次大戦か

松木秀　北海道　短歌人

平仮名で書くと間抜けな響き持つ「ころなか」ももうそろそろ終われ

松田愼也　新潟県　鼓笛

コロナ禍の今発熱は疑わる外には明かさず籠もるほかなし

松平盟子　東京都　プチ★モンド

歌人とは非正規雇用の危うさに似て歌を詠む　だからどうする

松谷東一郎　千葉県　日本歌人

四回目のワクチン済のプラカード首にかけようマスク外して

松野志保　山梨県　月光

黙しつつはなればなれに座る子ら教室に春の星座のごとく

松村正直　京都府

楽しそうにご自分の部屋でお話しをされているという母に会いたし

松村由利子　沖縄県　かりん

火を放つ心どこかに潜ませて街ゆく人はみなマスクせり

松本千恵乃　福岡県　未来・現代短歌南の会

消えゆかぬ羽根雲（はねぐも）のあり疫病の名前（な）など詠まぬと一〇〇〇日経ちぬ

松本典子　神奈川県　かりん

ソーシャル・ディスタンスその孤絶感に立ち尽くす白杖のひと信号をまへに

松山馨　和歌山県　さわらび

あさまだき百蟬さざ波の寄するごとしコロナ禍の不安そこに置くまま

松山紀子　神奈川県　りとむ

甥ふたり妻を得、子を得わたくしを大伯母にせりコロナ禍の幸

真野少　京都府　八雁

休業の紙を貼り出す扉(ドア)の辺に啼けるこの猫飢えんとすらん

馬淵典子　愛知県　象

異邦人のやうなマスクの人の群れわたくしもそのなかに紛るる

丸山三枝子　千葉県　香蘭

コロナゆえ人と隔たりいる日々の心清めるというにもあらず

三浦武　東京都　国民文学

わが家では家族六人感染のコロナ嵐のごと来て去りぬ

三浦好博　千葉県　地中海

東京ゆ来し子らテントを庭に張るマスクに二年ぶりの談笑

三浦柳　東京都　星座α

眉をひく朝の鏡にま向ひて心して告ぐ　負けるな私

三川博　青森県　潮音

コロナ禍の齎したまふひとつとて心療内科混み合ひにけり

三澤吏佐子　北海道　劇場

不要でも不急でもなき事柄をマスクの口に論（あげつら）ひつつ

水城春房　埼玉県　邯鄲

目も口も脳もなければ雄雌（をすめす）の区別もなきが跋扈する世ぞ

水沢遙子　大阪府　未来

この狭きさかひに交はりかさね来しを　きみもまたきみも会へぬ人ながく

水谷文子　東京都　かりん

ＬＩＮＥにて〈おばあちゃん〉と呼ぶ夏の子はコロナ禍に生(あ)れもうすぐ二歳

水野信子　静岡県　水甕

並びたるフェイスシールドの声明が御堂に響く秋の彼岸会

水野久子　埼玉県　長風

市民らに寄り添う役所と謳(うた)う市のワクチン接種会場遠し

みずのまさこ　滋賀県　音

晩年の貴重なときを自粛してただ何となく過しゐたりき

三井修　千葉県　塔

両の手を合わすは祈りのためならずボトルの液を擦り込まんため

光本恵子　長野県　未来山脈

不安をあおるはコロナに飛び込むようなもの犬と踏(ふ)んばる

三留ひと美　愛知県　朔日

家籠りいく日(にち)を経てたましひの冥(くら)きがすこし素直になりぬ

三友さよ子　埼玉県　花實

人類とウイルスの闘ひ止まらざりワクチン打てども打てども襲ひ

御供平佶　埼玉県　国民文学

四回目ワクチンたゆき日も忘れサビオの白き小片はがす

水上比呂美　東京都　コスモス・灯船

コロナ禍でお見合をして二カ月後婚(こん)を決めたる娘あつぱれ

水上芙季　神奈川県　コスモス・cocoon

川向かうの桜に会ひに行くことができさうでできない微震の春

湊明子　長野県　鼓笛

言ひ訳のやうにコロナ禍なればとて真夏ひそけく叔母を送りぬ

源陽子　和歌山県　未来・鱧と水仙

天然痘対策として大皿を小皿にかえし奈良びとの知恵

三原香代　三重県　秋楡

コロナ禍のあけくれ長しこの岸に爪先立てる心地こそすれ

三原由起子　東京都

終電から充電気にする飲み会に変化したこと指摘する人

三宅勇介　東京都　玲瓏

ワクチンの注射の針の痕の数わが齢（よはひ）の数より多きなり

宮下俊博　神奈川県　日本歌人・南船

いざとなり見回せば誰もゐないはずコロナウイルスまねて変異を

宮本永子　埼玉県　朔日

ワクチンを打ちての帰り咲きのぼるのうぜんかづらの青空に映ゆ

宮本君子　広島県　コスモス

ミレーの絵「種まく人」を見にゆかんこのコロナ禍の収まりたれば

宮脇瑞穂　長野県　波濤

基礎疾患ある老いなれば自粛して信濃の国より出づることなし

三好春冥　愛媛県　未来山脈

年金を質に入れて地獄の沙汰を待つ　コロナ外来に閻魔が居た

武藤敏春　群馬県　槇

散乱はななつの色にひろがりて見えない敵の攻撃つづく

村上和子　神奈川県　塔

自死ありて横死またありいづれ世をおほふ禍事の陰にまぎるる

紫あかね　東京都　芸術と自由

お願いと要請うけて対策し　コロナ丸いまま変化している

村松秀代　静岡県　星雲

ウイルスと共存せよといふ未来赤いカンナがぴらぴらと咲く

村山美恵子　大阪府　水甕

目で笑ひ目で認めあひ健診の医師声かけ来「お元気ですか」

目黒哲朗　長野県

玄関にどんぶり置かれありし日のてんやもんなる言葉はるけし

森利恵子　東京都　新暦

マスク付ける顔しか知らずコロナ禍に知り合いし人あの眼あの眉

森岡千賀子　大阪府　ヤママユ

断るに「こんなご時世」はよい言葉祖母(おほはは)のごとそよそよと言ふ

森川多佳子　神奈川県　かりん

ほととぎすの人語消えさうに鳴く真夜よコロナでひとがたくさん死んだよ

森重香代子　山口県　コスモス

単身の山住みにしてコロナ禍を恐るるこころ切実ならず

森島章人　長野県

雨、むきだしの目がうつくしい　二メートル以内の侵入禁じられ

森尻理恵　千葉県　塔

挨拶は黙ったままで会釈するマスクから出る目だけで笑って

森谷勝子　東京都　潮音

こもり居に伸びたる夫の髪刈れば二つぎりぎり淡くなりゐき

森本平　東京都　開耶

うかうかと慣れてしまえば霧雨のウィズコロナとかウィズ苛政とか

森屋めぐみ　東京都　心の花

同僚に目礼をして黙食の社食のテレビに戦禍のニュース

森山晴美　東京都　新暦

花曇り花冷えコロナウクライナそれでも桜十分(じふぶん)に見つ

諸岡史子　福岡県　短歌人・鱧と水仙

マスクのままにウインクすれば声たてて笑ひをかへすまだおむつの子

門間徹子　東京都　まひる野

給食の残菜みれば外つ国の餓ゑたる子の瞳(め)ふとも浮かび来

や行

矢島るみ子　埼玉県　朝霧

お向かひのマンションの前に救急車ながく停れり小夜更くるころ

柳宣宏　神奈川県　まひる野

天心にのぼりたる月春の夜のパンデミックの町を照らせり

屋部公子　沖縄県　碧

鬼やらひコロナ禍もともに祈りこめ撒く豆の音闇に弾ける

藪内眞由美　香川県　海市

老衰のため と記され自治会を事後報告の訃報がめぐる

山口明子　岩手県　心の花

全員が陰性、部活再開の校長メールの文字が喜ぶ

山口桂子　富山県　黒部短歌会

金婚の祝をすべき年なるに集まることも旅も御法度

山口惠子　茨城県　かりん・茨城歌人

先生と声かけて来しマスク顔マスク取りても名は出でて来ず

山口美加代　大阪府　覇王樹

毎日のなんと平和に過ぎゆくかコロナを恐れ家に籠もれば

山下翔　福岡県　やまなみ

こんなときでもないと飲まないノンアルをビールのごときジョッキに呷る

山城一成　大阪府　玲瓏

露草の露のちからをふりかけて泳ぎつづけるコロナ禍の世を

山田消児　静岡県　遊子

射(う)てと言われれば射つ歌えと言われれば歌う疫禍ぞ　射て！歌え！　撃て‼

山田吉郎　神奈川県　ぷりずむ

黒き衣まとひて風は吹きすぎぬディスタンスの語のひろまる街に

大和志保　埼玉県　月光

ロリータの口　きみは一文字それだけのアクリル板を透過する声

山中律雄　秋田県　運河

コロナ禍にやむなく止めし祝言のキャンセル料のリアルがこれか

山野吾郎　千葉県　ひのくに

五度目なる必然のあるワクチンの此度は四度目　素直に坐る

山村泰彦　長野県　朝霧

コロナ用に設けし小部屋も流行が終はればナースはそれなりに利用す

山本枝里子　徳島県　心の花

ピストル型の体温計でみづからの額を撃ちて図書館に入る

山本司　北海道　新日本歌人

過去最多日々更新を報じらる新型コロナの感染者数は

山本登志枝　神奈川県　晶

診察を待ちゐるうちに重くなりし夫の病に知りしコロナ禍

山本夏子　大阪府　白珠

たきたてのごはんみたいな手をひらき副反応に子どもは眠る

山本豊　岩手県　歩道

ウイルスに命断たれし人々の辛さ悲しみメディアは伝へず

結城千賀子　神奈川県　表現

疫禍熄（や）まず侵攻止（や）まずナチズムの喩としてアルベール・カミュ『LA PESTE（ラペスト）』

湯沢千代　埼玉県　鮒

痛みなく気分変らず接種終へにぎり寿司にて祝ふ冬の日

横田敏子　福島県　地中海

コロナ忘れ命あふるる季愛でん新緑まとう街が膨らむ

横山岩男　栃木県　国民文学

連日の新型コロナウイルス放映にむしばまれゆく時と情(こころ)と

横山季由　奈良県　新アララギ

呼吸苦し節々痛し下痢ひどしコロナにかかりし息子は電話に

横山未来子　東京都　心の花

かがやける羽虫の渦の向かうなる若者ら大き群れとはならず

吉岡正孝　長崎県　ひのくに

ステージのあれやこれやにかこつけて初盆参りポストに托す

吉川宏志　京都府　塔

観客のあらざる席に死者座り炎天に飛ぶ槍見つらむか

吉沢あけみ　埼玉県　ぷりずむ

「くるしんでる人が助けられますように」絵馬の幼い文字の切実

吉澤とし子　埼玉県　花實

コロナ禍もマスク外して草を引く野菜のびのび自由に育つ

吉田淳美　愛知県　塔

梅雨寒の美術館にて手をかざし35・2度を計られている

吉野裕之　神奈川県

ほんほんと電車に乗って東京へゆくためふたつriverを渡る

吉濱みち子　山梨県　国民文学

春の歌一首を添へて三年を逢へぬ友へと書く花だより

吉藤純子　石川県　心の花・新雪

桜湯の花弁しづかに開く昼生(あ)れし赤児の動画に見入る

依田仁美　茨城県　舟

密室に俺の知情意たゆたわせ嗅覚あらぬ弁当食す

米川千嘉子　千葉県　かりん

みどりごやをさな子のまへにあらはれて柔らかくあれ人間の唇（くち）

依光ゆかり　高知県　音・温石

ウィズコロナ勤務を終へて帰路につくマスクはづして車窓をあけて

わ行

脇中範生　和歌山県　林間

BA・5席巻したる名古屋場所　休場力士の悲喜こもごもに

鷲尾三枝子　東京都　かりん

表情をかくすではなく失（な）くしてく日々かも知れずマスクの下に

渡辺茂子　滋賀県　覇王樹

手作りのブラウス小物並べては自画自賛なるコロナ禍の下

渡辺礼比子　神奈川県　香蘭

海彼よりコロナはいかなるルート経て老い母の身に辿りつきしや

渡英子　東京都　短歌人

神保町とほくなりたり靴脱いで膝詰め合つた居酒屋が消え

『二〇二〇年　コロナ禍歌集』評

二〇二〇年 コロナ禍歌集評

「コロナ患者」

山中律雄

コロナウイルスは私達の生活を一変させた。発生して3年近くになるが終りが見えない。デルタ株からオミクロン株に置き換わって、重症化リスクは減少したものの、この先如何なるものに変異するか予想も出来ず、しばらくはウイルスを恐れる日々が続くのだろう。

六度五分に熱下がつたとメールすれば階下の妻から来るVサイン　佐野督郎

コロナに罹患した人の歌である。作者自身が罹患したと明確に分かる歌はこの一首だけであった。

実は私もコロナに罹患した。罹患する一か月前に肺の手術を終えたばかりの私は、コロナは命に関わる病気と考え、なるべく人混みを避けるようにしていた。出掛けるのは病院かコンビニくらいで、どこで罹患したのか見当がつかない。
手術後は投薬治療を続けており、副作用の一つに「間質性肺炎」がある。医師には熱が出たらすぐに受診しろと言われていた。
ある日のこと、目覚めたら熱っぽい。体温を測ると37度9分だった。高熱というほどでもなかったので、病院に行くのをためらったが、医師の言葉に従い受診することにした。病院に到着すると玄関先に設えられた一室でPCR検査を受け、無駄な検査と思いながら結果を待っていると、コロナの陽性が伝えられた。その瞬間は驚いたが、投薬の副作用でないことに胸をなでおろした。
わが家は妻と息子と妹の4人暮し。全員が濃厚接触者になり、検査後には妹もコロナ患者になった。幸い私の熱は半日で下り、喉の痛みも3日ほどでおさまったが、妹の味覚異常はしばらく続いた。近所に漏れ伝わることもなく、今では過去の話と言いながら、周囲の驚く様子を見て喜んでいる。

ちまたには自粛警察とか言へる闇の眼ありて戦中のごとし　小泉史昭

コロナの感染が始まって間もない頃、罹患者は悪者扱いにされた。心無い差別に悲しい思いをした人も多かっただろう。口では「人権」を言いながら、事が起こると人を蔑むのは人間に備わった性なのかも知れない。

面会も付き添いもない癌手術コロナこの世に孤独もたらす　佐野豊子

私が手術を受けたのは前述の通りだが、病院に向かう途中、次の歌を作った。「付き添ひの者を許さぬコロナ禍の手術にひとり耐へねばならず」というものだ。最悪の事態を招きかねない状況で、家族の励ましさえ受けることの出来ないわが身を哀れんだ歌である。

地元での手術に不安を感じた私は首都圏の病院で開胸することにした。飛行機、電車、時にはタクシーを乗り継いで出掛けるのは大変だったが、入院前の検査には妻が同行してくれたので、幾ばくか心が和らいだ。手術の3日前には入院が必要で、やむなく一人病院に向かった。

万一の時に備え、妻は手術前日に病院近くのホテルに入ったが、緊急に呼び出されることもなく2日後自宅に戻った。当初はあまり感じていなかったのだが、手術が近づくにつれて不安はつのり、この先待ち構えているであろう苦難を考えると、手術をキャンセルして家に帰ろうとも思った。

コロナとは孤独の病と見つけたり誰にも会へず死して焼かるる　有沢螢

コロナは「孤独の病」である。家族に看取られることなくこの世を去った人も少なくない。付き添いも見舞いも許されず、遺族は「何もしてやることが出来なかった」と一生悔やむに違いないし、今ではコロナ以外の病気も「孤独の病」になっている。

県外者の我は参列許されず父の葬儀を動画にて見る　田中徹尾

人は人と交わっておのれの存在価値を知る。コロナは親との交わりさえ断つ病だ。

距離をおくこと居ごこちがよくなればやがて離れてゆかん　心も　五十嵐順子

「三密」は学校の肝　目に見えぬもの学校のいのちをうばふ　本田一弘

人が人に興味を示さなくなる前に、コロナが収束することを誰もが願っているに違いない。ただ、事は簡単ではなさそうだ。ひょっとすると人間のあり様が問われているのかも知れないし、そうであれば戦争などにうつつを抜かしている場合ではない。人間は孤独に耐えられるようには出来ていない。

二〇二〇年 コロナ禍歌集評

「あたりまへ」について

島田幸典

新型コロナウイルス感染症（COVID-19）がもたらした危難とそれへの対応をめぐって、私の実感に近い言葉を『二〇二〇年 コロナ禍歌集』から探せば、次の歌がそうである。

　あたりまへがあたりまへではなくなる日あたりまへのやうに始まる　　下田裕子

緊急事態宣言の発出による移動の制限はもとより、所謂三密の回避のために普段の行動の見直しが求められた。マスク着用や手指洗浄、換気、在宅勤務や外食自粛、決済等における非接触の奨励、また各種行事の見送りなど感染拡大防止のための要請は生活全般に亘り、またその隅々にまで及んだ。しかも、これほど大きな変化が激しい異論もなく、「あたりまへのやうに」実現し、「新しい生活様式」なるものの実践が広く、驚くほど速やかに受けいれられた、あるいはそのように見えた。裏を返せば、かつての「あたりまへ」はあっという間にそうではなくなり、たとえばマスクをしない人々を見つけることが稀になり、時には緊張と困惑の原因にさえなった。

だからといって、こうした変容がいかなる抵抗感も伴わずなされたわけではあるまい。むしろ、変化をめぐる心のちょっとした引っかかりが歌を作る契機となる。目の前で起こっていること、みずから経験していることを、定型を拠り所にしつつ言葉にする作業には、それが何か確かめ、意味や本質について問い、考える過程が必然的に随伴する。要するに、批評的に省みつつ歌にするのである。右に引いた下田作品も「あたりまへのやうに」と述べている。それは当然だと断言することとは違う。

このアンソロジーの意義の一つは、コロナ禍がもたらしたさまざまな現象を描きだすとともに、そうした現象をめぐる歌人の問いや戸惑い、慨嘆をも記録している点にある。

夕闇にしろく浮かびて沈みゆくマスクは顔の肉塊（ししむら）となり　楠誓英

マスクのなかに顔あるやうな子どもたち鉄棒に乗りぐりりんと回る　梶原さい子

日常が非日常化するとき、現実を詠った歌にも超現実の感触が生じてくる。

マスク着用はすっかり定着した（勿論、そうするよう求められたのだ）が、その間数多くのマスク詠が作られた。私も作った。マスクの歌を作るのは、当局や社会の要請に従いながらも、そうすることで現れた新たな現実に触れるときによぎった違和感や不自然さがいったい何なのか、何によるものなのか摑むためである。

右の二首ともに歌のモチーフはマスクに覆われた顔面である。人の顔の一部となったかのようなマスクを詠う楠作品は表現こそ幻想的だが、それはまことに現実的でもある。逆に梶原作品では、非日常は日常のうちにすでに溶けこんでいる。初二句の意表を突く把握によって顔とマスクの関係が逆転し、マスクのうちに顔面が埋没するさまが端的に提示される。しかも、それが遊ぶ子どもの普通の姿になっている現状を「ぐりんと回る」の軽快な結句によって描きとめる。

密避けむと藤の花房切られゆく　藤よ痛まし花きる人も　　西田泰枝

マスクとともに、外出など行動にかんする制限とその帰結に取材した作品も多い。閑散とした列車や街頭、肉親との面会の断念、スポーツの大会や音楽、演劇などの公演の中止……それらを詠った作品に示されるとおり、移動し、対面し、語らうことへの欲求は抑制を求められた。帰省や冠婚葬祭さえ、感染とその拡大の原因となる虞（おそれ）があるかぎり謹むべきこととなった。西田作品を読んだとき、その報道に接したときのやるせない気分を思いだした。たがいに距離を縮めて人々が集まる機会をなくすために、見頃の藤の花が切られることもあったのだ。「痛まし」の言葉のとおり、コロナ禍はさまざまな局面で葛藤を、身を切られるような迷いのなかの決断を人々に求めた。何を守り何を諦めるか（あるいは諦めてもらうか）日々選択を迫られた。コロナ禍とは、人々の健康のみならず、人と人との関わりや社会のあり方そのものをも土台から揺さぶる脅威だった。

コロナにて人の登らぬ富士山があはあはと浮く彼方の空へ　砂田暁子

二〇二〇年には富士登山のための道も封鎖された。山頂をめざす人のいない富士山が、遠く高々と聳え立つ。その超然たる佇まいは、人間世界の苦難と関わりのない自然の姿そのものである。同時にまたその「あはあはと浮く」ごとき現実感の稀薄さは、それをはるかに望む私たちちじしんの不全感を投影しているようにも見える。踏みこんで言えば「あたりまへ」をめぐる喪失感が映しだされているようにも思えるのである。

『二〇二〇年　コロナ禍歌集』は新型感染症によって社会が、人々の生活が被った変化の記録である。それは変化に伴う人々の不安や動揺をまざまざと映しだすとともに、それまで「あたりまへ」のようにあったものとその意味について振りかえる手がかりを与える歌集でもある。

二〇二〇年 コロナ禍歌集評

コロナ禍の初期の諸相

田宮朋子

二〇一九年末に中国で発生した新型コロナウイルス感染症は、二〇二〇年初頭には日本でもクルーズ船での集団感染を発端として、急速に広がることになった。原因も治療方法も不明の未知のウイルスによる感染症の発生は、現代人の不安をかきたて、生活様式に多大な影響をもたらした。本歌集は二〇二〇年の作品を収めたものである。作品を通して、この時期に起こったことを振り返ってみたい。

人類は「パンツをはいたサル」であり「マスクをつけたサル」ともなつた
香川ヒサ

マスクは多く詠まれた素材の筆頭である。感染の予防やウイルスの飛散防止のため、マスクの着用が求められるようになり、品不足が深刻化した。手作りマスク、アベノマスク、捨てられたマスクなど、じつにさまざまな作品が詠まれている。後に世界では脱マスク化が進むが、感染初期の段階では、国や人種を問わず人々がマスクをつけた映像が流れていた。この作品は、するどく大摑みに当時の状況を捉えている。「サル」が二度出てくるところに愚かさを脱しきれない人間についてのシニカルな眼差しが出ている。

不要不急と言へるか否か学び合ふ場の鎖されて歌の痩せゆく　伊勢方信

短歌の世界では歌会をはじめ、全国大会や出版記念会が軒並み中止に追い込まれた。座の文芸である短歌にとってその影響は大きい。歌会は不要不急の用件といえるのか。開かれなければ学ぶ機会が減り、仲間との交流も間遠になってモチベーションも下がり、歌が痩せていくではないか、と作者は危惧する。

ただ、全国規模の集会はともかく、感染者数の比較的少ない地方では歌会を継続しているところもある。筆者は新潟県で数か所の歌会にかかわっているが、中止したのはいずれも数回のみで、マスク着用、換気の徹底、飛沫飛散防止パネルの設置等により、ほぼ通常の歌会を実施している。もっとも会員の受け止め方には温度差があり、出席者は減り気味だ。一方、若い世代を中心として、ネット上で文字による意見交換をする歌会や、顔や音声を出してのオンライン歌会が盛んに行われるようになった。

オンライン会議のために上半身着替えてわたしケンタウロスのよう　川島結佳子

パソコンの画面には上部しか映らないので、着替えるのは上半身のみで、下半身は部屋着のままということも多い。それをギリシア神話の半人半獣のケンタウロスに喩えたところがうまい。三密を回避するため、大学では対面授業に代わりオンライン授業が行われ、病院や施設では面会が禁止になりオンライン面会が導入された。職種にもよるが、テレワークが増え、オンライン会議が一般化した。家庭でも、遠方の親族と画面を見ながらコミュニケーションする人が増えた。

歌会は休止することになっても、歌誌の発行はおおむね順調だった。編集作業、印刷、配送の業務など、感染のピーク時でも休むことなく働く人のいたお蔭である。

住みかより出られざる春さりとても住みか失ふ人多き春　花山多佳子

作者はステイホームの暮らしに違和感を抱きながらも、住みかを失った人がいることに思いを馳せる。コロナ禍は飲食業や旅行業に甚大な影響をもたらした。そのほか音楽会や結婚式などのイベントやスポーツの試合は中止が相次ぎ、医療機関でも一時一般の外来患者が激減するなどした。それ以外にも影響を受けた業種は少なくない。生活基盤を失い、住宅ローンが払えず住む所を失った人もいた。他方、マスクの着用など多少の制約は受けつつも生活面での大きな影響はなく、従来と同様の暮らしを続けることのできた人も多かった。この年に、国は全国民に十万円を一律給付し、国内旅行の需要喚起のためＧｏＴｏトラベル事業を実施した。

陽性者は恥じよ恥じよと迫りくる舌を持たざる声群がりて　　吉川宏志

感染拡大の初期には、陽性者やその家族は非難の眼を向けられ、時に自死者を出すほどだった。「舌を持たざる声」はネット上の誹謗中傷だろう。陽性者に限らず、自粛生活が求められる中で周囲の人による過剰な監視が問題にもなった。感染者が増えるにつれてそうしたことは無くなっていったが、社会不安から引き起こされた初期のこうした風潮は、反省をこめて記憶されていい。

コロナ禍が始まってから三年近くたつ今、ワクチン接種が進むなか、第七波が到来し未曽有の感染者数が発表されている。コロナ禍は様相を変えつつさらなる段階に入っているが、『二〇二〇年 コロナ禍歌集』は、その初期の状況を多面的に伝えている。

二〇二〇年 コロナ禍歌集評

線を超えて

糸川雅子

この評を書き始めたのは、二〇二二年八月四日である。以前、『二〇二〇年　コロナ禍歌集』のための作品を送付した時、私は、続編とも言うべきものが刊行されることになるとは思いもしなかったものである。長期にわたって感染拡大の波が繰り返されたわけで、現在も第七波の只中にある。すでに私たちは三度目のコロナ禍の夏を迎えたのである。同時に、二〇二〇年の出来事について、時間的に遠くのことのように感じる部分も生れている。

「緊急事態宣言」という、耳慣れない言葉に接したのは四月であった。「水際対策」「出入国制限」ということが言われ、外国は遠い国になった。国内についても、「都道府県をまたぐ移動の自粛」が求められ、「東京」は、時間の余裕とチケット代金の用意があればいつでも行ける場所ではなくなった。

切開し排膿すればたちまちに出血多量となれる東京　久山倫代

遠くなった「東京」を地方の側から描いている。日本中の人口、産業、富、文化、情報等々が過密している巨大都市「東京」は、感染拡大期には多くのリスクを抱えることになる。それを「切開」「排膿」と手術の場面で描いている。だから、あの頃は、離れて都会に住む家族が帰省することに敏感であった。地域には、互いの行動を監視し合う「〇〇警察」と呼ばれる現象が出現し、戦中の「隣組」を体験しているように感じたものであった。

〈パンデミック〉は、狭い日本の中にも、遮断と分断の線を引いていった。そうした視点に立ち、そしてそれがこの企画の意図でもあるので、自分の住む地域（四国・中国地方）の会員の作品を引きながら考えてみることにした。

時間差で荷物を取りに来る生徒ふつりと途切れ　教室　無音　鈴木千登世

マスクしてレジを待ちをり足型のところに立てと言はれて立ちて　小橋芙沙世

二月末には、全国の小中高校・特別支援学校が一斉に休校となった。突然出された首相の「要請」に、現場はもとより日本中が振り回されたものである。三年目の現在の感染者数や状況から振り返ってみると、あの時その必要があったのだろうかと思うところである。鈴木作品は、「教室　無音」や「時間差」の言葉が、これまで普通と思ってきたことが普通ではなくなった世界を浮き上がらせる。

〈パンデミック〉は、私たちの生活を根本から変えた。マスクをし、密を避け、ソーシャルディスタンスをとる「新しい生活様式」が提示され、最初は戸惑っていたが、今やすっかり生活の中に浸透している。それは、私たちが慣れていったということであろうが、馴らされたということでもあろう。緊急事態宣言下においては、行政権が憲法や法律を超える例外状況もあることを受け入れたが、そのことを、常に意識しておくことが大切であろう。小橋作品からは、そんな〈警告〉が伝わってくる。

コロナ時代の学生などと言はれさう真面目な顔して学生がいふ　藤本喜久恵

限りなき連鎖の果てに襲ひ来しＣＯＶＩＤ‐１９原発一所(いつしよ)　香川哲三

こうした作品に向き合うと、コロナ禍のなかで三度目の夏を迎えたことを思い知らされる。

コロナ禍を生きてきた今、たとえ現象は収束しても（勿論、早い収束を待ち望んでいるのだが）、コロナ以前の生活に戻りきることはないだろうと感じている。コロナの影響は、今後も、多くの面で現れてくるのだろう。藤本作品では、下句からは、少なくとも作者（私）の側にはほのかな余裕も感じられるのだが、二〇二〇年四月に入学した中・高校生は学校生活がすっぽりとコロナ禍と重なり、大学生も、オンライン授業等、通常のイメージの学生生活とは隔たった四年間を送ることになった。それぞれの人生の今後に影響がないとはとても思えないのである。「真面目な顔して」が、今となっては重たく響いてくる。

香川作品では「原発」が詠まれ、さらに、現在世界では、ロシアのウクライナ侵攻によって戦争が続いている。「スペイン風邪」のパンデミックが起きたのも、第一次世界大戦中であった。戦争とコロナ禍が共謀して人間を襲うというとSF物語のようであるが、人間の側からすると、「限りなき連鎖の果てに襲ひ来し」はまさに実感なのである。コロナ禍も戦争も環境問題も、長い時間かけて生じた危機であることを思い知らされる。長期的複合的に、影響は続くのだろうが、引かれた線は超えてゆくしかないのだろう。

二〇二〇年 コロナ禍歌集評

はじまりの頃の

山下　翔

この疫禍が、福岡市内に生活するわたしにとって身近なものになったのは、二〇二〇年の春だったとおもう。どこの店をまわってもマスクが売り切れで、キッチンペーパーに輪ゴムをつけただけの、手づくりのマスクが本屋の入り口に置かれていた。マスクをしていても、咳やくしゃみや会話を、おおっぴらにはできないような雰囲気があった。商店街の居酒屋が、店舗のまえで、昼の弁当を売るようになった。さながらお祭りの屋台のようであった。じっさい、非日常にたいする浮かれた気持ちがなかったわけでもない。テイクアウトが推し進められ、持ち帰りの焼き鳥セットひとつ買うと、無料で一本缶ビールがもらえる、という店もあった。いわゆるリモートになった仕事を、パソコンを持たないわたしはひとり職場でやった。その缶ビールを飲みながら。学校が再開する六月ごろまで、だいたいそんな感じであったとおもう。ふだんは塾で数学をおしえている。二〇代さいごの年であった。

マスク消えひと月経しか校庭にこゑなし街に人影のなし　大塚秀行

この歌集を読みながら、はじまりの頃のいろいろをおもいだす。そこにまず、歌集の意義がある。仕事おわり、夜遅くまでやっている居酒屋にかけこむならいが、ぱったり断たれた。商店街はひっそりとして人影なく、はやばや暗黒の夜となった。「夜の街」というあやしいことばがあふれた。未知の、見えないウイルスに、感染症に、どう対応していいか、さまざまな情報が行き交い、立場のちがいが対立した。

マスクしてレジを待ちをり足型のところに立てと言はれて立ちて　小橋芙沙世

この「立てと言はれて」、というのが、いわゆる「自粛」と呼ばれたものの薄気味悪さをあらわしているようにもおもう。うたから滲むのは、みずから立つ、という姿勢よりも、そういう世間の変化や、雰囲気に、おのずからしたがうような、しかしそのことにも、いくぶん自覚的であるような、わたしのこころの揺らぎである。せよと言われてする自粛、というもののあやうさを、いやそうではないと言われるかもしれないが、あの頃の記憶としておぼえておきたい。
間隔をあけて立つこともそうだが、手洗い、検温、消毒、換気、ビニールシート・アクリル板の設置など、いまではごくあたりまえになっている習慣が、どんな時期に、どんな順番で浸透していったのか、もう、はっきりとは覚えていない。三密やソーシャルディスタンスということばは、いつごろ出てきたのだろうか。フェイスシールドはいつのまにか衰退してしまった。いま「オンライン飲み」はどのくらい続いているだろう。いまでも消毒は嫌いだが、わたしは手洗いのたのしさを知った。
それからさまざまな行事が中止となった。会がなくなった。また面会ができない、帰省ができない、冠婚葬祭が旧来のようにはいかなくなった。人と人とが、むしろ距離をとることを推奨され、それはそのまま、人と人とのかかわりあい方、こころの部分にも及んでいった。時間の使い方が変わったひともあっただろう。それを危ぶむうたがある一方で、そのことが、かえって良かった、といううたもまた、少なくない。
前を向きひとりづつとる給食にほつとしてゐる少女もをらむ　藤田美智子
たとえば小学校、中学校の給食のころをおもいだす。何人かが机を寄せて、向かい合って食べる。それが苦痛であったひともあった筈だ。こんどのことで、「ほつとしてゐる」ひともいるだろうと、うたは想像する。おおくのひとにとってあたりまえのことは、それゆえに、そのことによって苦しむひとを後背化させてしまう。隠れていた問題が、液状化のようにあらわれ出でたのも今回のことではなかったか。

人とのかかわりが減るなかで、孤独を深めるひと、またその先に自死を選ぶひともあった。死ぬところまでいかずとも、精神的にずいぶん苦しいところにあったひとも多かろう。

二〇二二年八月現在、この新型コロナウイルス感染症は、第七波と呼ばれる感染拡大の只中にある。その間にウイルスはいくえにも変異し、社会の状況はなお変化しつづけている。二〇二〇年のうたを集めたこの歌集に、広がりや深まりがいまひとつ足りないとおもうのは、その後を過ごしてきた者の視点であろう。

陽性者は恥じよ恥じよと迫りくる舌を持たざる声群がりて　吉川宏志

たとえばこのうたなどは、いまのわたしの実感からはかなり遠いところにある。しかしはじまりの頃の、まだ感染者を数えて、ほんとうに数えられていたあの頃の、独特の空気感が、たしかに保存されている。忘れてはならないことである。うたわれてよかった。

この疫禍は、過去のさまざまなことを連想させつつ、語られてきた。戦争、震災、口蹄疫、そして百年前のいわゆる「スペインかぜ」。そのあたりの広がりは、自選一首ではなかなか伝わりづらかったようにおもう。いずれ連作単位のアンソロジーが編まれてもよいのではないか。

あたりまへがあたりまへではなくなる日あたりまへのやうに始まる　　下田裕子

現代短歌フォーラム２０２２　コロナの時代の短歌

「コロナ的非日常の日常」

ＪＴ生命誌研究館・館長

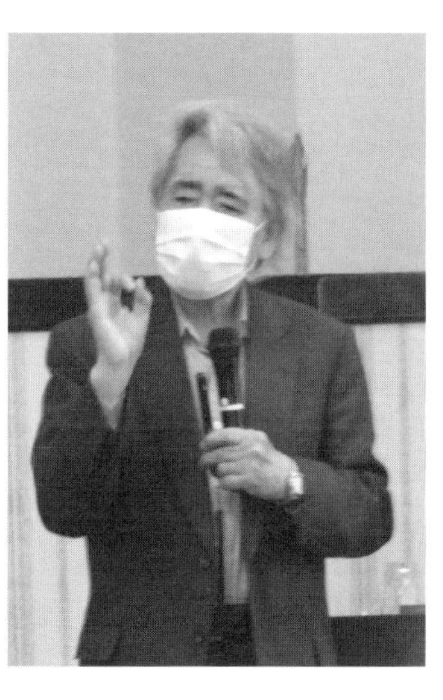

二〇二二年三月二十七日（日）、東京・神田学士会館にて行われた「現代短歌フォーラム２０２２」永田和宏氏の講演「コロナ的非日常の日常」を採録したものです。科学者でもある永田氏が、ウイルスや過去の歴史を踏まえてコロナ禍を読み解きました。

こんにちは、永田和宏です。わたしは感染症ではなく細胞生物学を専門にやっているんですが、このコロナ禍をどう捉えているかという観点からお話しさせていただきます。「人類の歴史は感染症との闘いであった」と言われています。ウイルスが原因となるものは天然痘、インフルエンザ、ポリオ、ＨＩＶ（ヒト免疫不全ウイルス）、そしてコロナなど。細菌が原因となるものはペスト、結核、ハンセン病など。原虫が原因とされるものはマラリアなどがあります。これまでに、世界ではＣＯＶＩＤ－19（新型コロナウイルス感染症）の感染者が約六億人、亡くなった方が約六〇〇万人、日本でも感染者が約六〇〇万人、亡くなった方が約二万人いらっしゃいます。新型コロナウイルスはもともと、コウモリから発生したと言われており、そこから段階を経て人間に感染しました。ウイルスは動物や人間だけではなく、植物や細菌、バクテリアにも感染します。

人類が狩猟民族だったころは非常に小さい単位（集団）で移動していたのでパンデミックは起こりませんでしたが、農耕民族になると集団で生活するようになり、集団は「町」から「都市」へと発展し、パンデミックが起こるようになりました。

新型コロナ前のパンデミックは一九一八～二〇年に大流行したスペイン風邪です。アメリカ陸軍で大発生したのですが、時は第一次世界大戦末期、米軍は一五〇万人の兵士を欧州に送り込み欧州で感染拡大。一方、同時期にドイツでもスペイン風邪が流行し戦闘状態にならず、スペイン風邪が第一次世界大戦の終局を早めたとも言われています。

一九一九年四月にアメリカのウイルソン大統領とフランスのクレマンソー首相との間で、パリ講和会議が行われました。フランスはドイツに巨額の賠償金を課すべきと主張。一方、アメリカは課すべきでないと主張。しかしウイルソン大統領がスペイン風邪に感染し、会議に出ることができずそのままフランスの主張が通ってしまいました。この賠償金でドイツの財政は疲弊し政治が混乱。これに乗じてヒトラーが政権を執りナチス・ドイツが誕生。第二次世界大戦が始まりました。つまりスペイン風邪は第一次世界大戦の終局を早めた一方、第二次世界大戦の火種を抱えこむことにもなっていたのです。

コロナ禍の最中、朝日歌壇に投稿された一般の方の歌をご紹介します。

街中で会う人会う人みなマスクどこの店でも売ってないのに

伊藤次郎

一昨年（二〇二〇）は街中、どこを探してもマスクは売り切れだったのに、外を歩いている人はみんなマスクをしている。それをとても素直に詠った歌です。ちなみに日本人が最初にマスクをしたのはスペイン風邪の時です。

ウイルスをゴルフボールとするならばマスクのメッシュは網無き網戸　原田浩生

ウレタンマスクは呼吸しやすい分、メッシュの密度が荒い。だから密度の高い不織布マスクが推奨されました。そのため、コロナ禍では人への飛沫感染を防ぐためにマスク着用が求められました。当初、マスクには予防効果はないとされましたが、その後の調べで空中に浮遊するウイルスに感染するのではなく、ある種の大きさを持った飛沫の中に入ったウイルスを吸い込むことで感染する、ということがわかりました。つまりマスクにはある程度の予防効果もある、ということです。つい二年前まではわからなかったことが、研究によって新たな発見がある。サイエンスは現在進行形なんです。

疑へばすべて罹患者バスの中マスクがマスクを監視してゐる　牛島正行

マスクせずレジに並べば睨まれてコロナより怖い同調圧力　鵜飼礼子

日本が世界と比べて感染者が少ない理由の一つとして「同調圧力」が挙げられます。

人と違うことをすることを恥じる、みんなが守っていることをやらない人間がいると監視する力が非常に強いのが特徴です。日本の場合、同調圧力がポジティブに作用していると言えます。スペイン風邪が流行った当時も、日本ではマスク着用が求められました。新聞には「マスクをかけぬ命知らず!」「恐るべし『ハヤリカゼ』のバイキン!」と書かれていました。スペイン風邪はインフルエンザなのでばい菌ではなく、ウイルスなんですけどね。

　新型コロナに感染しないために「三密を避ける」ことが重視されています。ただ「避けなさい」と言われたから行動するのではなく、その理由を理解すれば自ずと自然に避けるようになりま

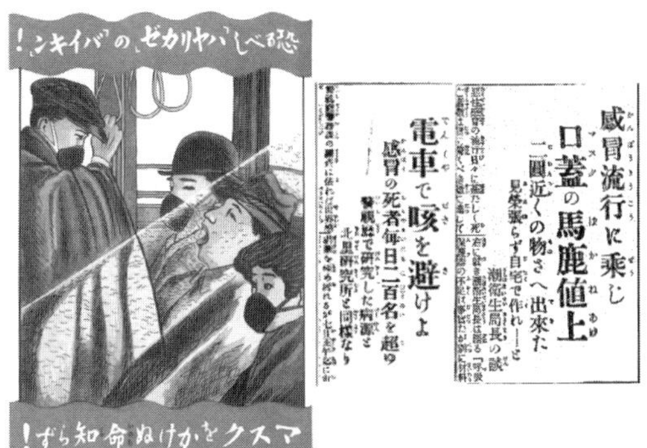

感冒流行に乗じ
口蓋の馬鹿値上
一圓近くの物さへ出來た
見栄張らず自宅で作れ―と
潮衛生局長の談

電車で咳を避けよ
感冒の死者毎日二百名を超ゆ
警視廳で研究した病源さ
北里研究所と同樣なり

す。理由を理解することが大切です。

現代歌人協会が出したコロナ禍歌集のなかに、こんな歌があります。

生物か否かと問えばあざわらうコロ
ナウイルス測りがたしも
沖ななも

コロナウイルスは生物か否か、そんな疑問を歌にしました。生命（細胞）には三つの基本条件があります。①外界から区画されている（膜）、②自己複製できる（DNA、RNA）、③代謝をしている（栄養の摂取、老廃物の排出）。ウイルスは膜を持っており、RNAの遺伝子を持っています。しかし自己代謝ができ

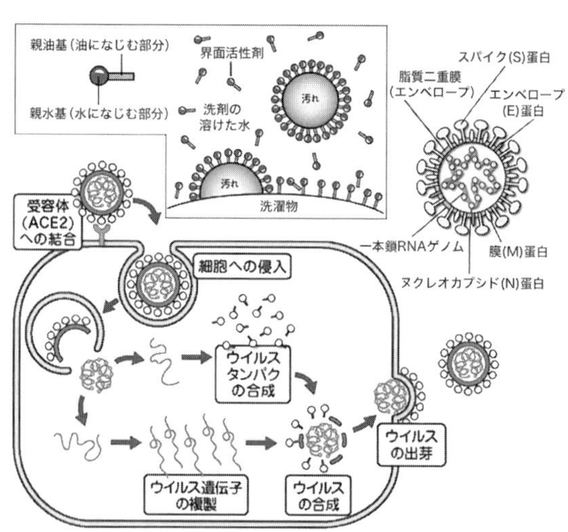

ません。つまりウイルスは生命ではありません。ウイルスはわれわれの体内に入ってやっと増殖できるんです。新型コロナウイルスの表面にある「スパイク蛋白」と人間が持つ「Ａｃｅ２蛋白」が、偶然にも構造的に結合してしまった。全くの偶然で、この結合には何の意味も目的もない。これが感染のメカニズムです。ウイルスが人間の細胞に感染し何万個、何千万個もの新型コロナウイルスとなり体内から外へ排出されて感染が拡がります。ウイルスは人間の細胞の膜（エンベロープ）を被って外へ出るため、人間の細胞の膜で区画されます。この膜の成分はリン脂質という油なので、油汚れを落とす石鹸で手を洗うことが感染予防に有効です。石鹸を使うことによって膜が取れ、ウイルスは感染力を失います。なぜ石鹸で洗うことが有効か、その理由を理解すれば自ずと洗い方も変わってくるでしょう。

最後までコントか本当か分からない手品のように消えたおじさん　澤田佳世子

これ、誰のことか分かりますか？　二〇二〇年三月に亡くなった志村けんさんのことですね。われわれが最初に新型コロナのことを「怖い」と思ったきっかけが、志村さんの死でした。

寒き雨まれまれに降りはやりかぜ衰へぬ長崎の年暮れむとす

斎藤茂吉『つゆじも』

これは大正七（一九一八）年、スペイン風邪が流行していた時に詠まれた歌です。当時、茂吉は長崎医学専門学校（現長崎大学）の教授で長崎に赴任していました。この年の暮れに、妻・輝子さんと息子の茂太さんが東京から遊びに来て、茂吉は二人を連れて外食するんです。これ、一番やっちゃいけないことですよね。案の定、茂吉はスペイン風邪に飛沫感染しました。医者である茂吉が、こんなことをしてしまったんです。

はやりかぜ一年おそれ過ぎ来しが吾は臥りて現ともなし　斎藤茂吉『つゆじも』

一年間、スペイン風邪を怖れて過ごしてきたのに感染してしまった。「吾は臥りて現ともなし」と詠んでいますが、一時は本当に危なかったそうです。これで茂吉が死んでいたら、その後の短歌史も変わっていたでしょう。

ウイルスの世界中の広まりに自分だけはないと考えている

高橋健興

「自分だけは大丈夫」と楽観視してしまう心理を「正常性バイアス」と言います。わたし自身がそう考えがちで、自分を戒める思いも込めてこの歌を選びました。茂吉にもやはりこの「正常性（楽観性）バイアス」があったわけですね。

その一方で、わたしがコロナ禍を経て思ったことは、このように人類史上、非常に厳しい状況下においても人間のレジリアンス（耐性）には非常に強いものがある。こんな状況だけれど自分たちの生活をうまくいなしながら日常を送る。そういう力があることを痛感しました。

ハリネズミの夫婦の適度な距離感が外出自粛で乱されている　箕輪富美子

近づきすぎるとお互いの針で刺し合ってしまう「ハリネズミ症候群」という言葉があります。コロナ禍前までは、当たり障りのないように生活していた夫婦が、外出自粛で始終一緒にいることになり、夫婦の関係が乱されてしまう。そんな状況が楽しく目に浮かびます。

唐突にコロナ離婚がわかるわとピアノに向かう休日の妻　上門善和

これ、怖いですね（笑）。何も言わずにピアノに向かって、唐突に「コロナ離婚ってわかるわね」なんて言われたら夫はギョッとしますよね（笑）。こういう風に、厳しい状況でも減らず口を叩いたりユーモアで楽しんだりしながらも、自分たちの生活を保っています。

「いってきます」いつもの通り居間を出し夫は七歩で〈職場〉に入る　大曽根藤子

これはリモートワークですね。同じ家の中にいるんだけれど、一応、居間を出るときは「いってきます」と言う。〈職場〉と居間と、うまく分けているのでしょう。

テレワーク出来ない人が支えてる文明社会の根っこの部分　藤山増昭

いい歌です。わたしはこれを年間賞に選びました。文明社会だからこそテレワークができるけれど、その文明社会を支えているのはテレワークを出来ない人たちなんです。交通インフラに関わる人たち、医療従事者、スーパーなどの食料品店で働く人たち。彼らがいなければわれわれは生活できません。「エッセンシャルワーカー」という言葉ができましたが、いまだ彼らへのリスペクトが足りていないような気がします。藤山さんはお医者さんで二年前の歌ですが、いい着眼点だと思います。

動画にはソファーに寛ぐ首相あり格差社会の現実ここに　神蔵勇

犬を抱きお茶飲む人のツイッターに35万の「いいね」つく国　今西富幸

外出自粛の最中、安倍元首相が「みんなでこういう生活をしましょう」と動画を配信しましたが、藤山さんの言うように、こういうことができない人たちが文明社会を支えている、という観点が欠落しており、この動画は早々に炎上して削除されました。特に注目したいのが今西さんの歌で、この動画に三五万人もの人が「いいね」をつけている、それが今の日本……これには非常に鋭い今西さんの批評眼が現れています。

お葬式みな一様にマスクしてマスクせぬのは棺の母だけ　村瀬雅美

黒服に着替えて数珠の手を合わすＬＩＮＥで参列母の葬式　黒木和子

宗教学者で僧侶の釈徹宗さんと対談をしたのですが、そこでコロナ禍におけるお葬式の話になりました。新型コロナで亡くなった人は家族に看取られることもなく、遺骨になるまで家族の元に帰ることはできません。こんなやり方で人が亡くなったことを納得できるかどうか、釈さんとずいぶん話し合いました。

この春に初めて遇ひたる言の葉の「納体袋」ふかぶか淋し　櫂裕子

「納体袋」なんてこれまで聞いたことのない言葉でした。感染して亡くなった方の体を収める袋で、外部との接触は一切なされないようにして納棺します。わたしはこんなこと、意味が無いと思います。なぜならば亡くなった方の体からウイルスは出ません。

しかし、ご遺体をアルコール消毒してご遺族と対面させることすら難しいほど、医療従事者が多忙を極めていたことも確かです。お葬式という儀式は死者のためではなく、残された家族のためのものです。この儀式をなくして遺骨になった故人を前に、ご遺族がどう納得するか。非常に難しい問題だと思います。

無策とは言わぬが足掛けこの二年例のマスクにイソジンうちわ　芝田義勝

「例のマスク」とはアベノマスクのことですね。イソジンは、大阪府知事が「イソジンでうがいすればウイルスに感染しなくなる」と言ったことです。ここで挙げられたことはみな、科学的根拠のないものばかりです。このようないかがわしい、誤った情報が氾濫してしまうことは、非常に怖いことです。

日本のサイエンスについて少しお話しさせてください。日本の科学予算には「選択と集中」という言葉が氾濫しています。すぐに役立つものしか注目されません。これはサイエンスにとって非常に危ないことです。国としては国民の税金を使っているのだから、そう言いたくなるのも分かります。しかし「いま役に立つ」とは何か？　わたしが師事した湯川秀樹先生は「いま役に立つことは、三〇年経ったら何の役にも立たない」

とおっしゃいました。三〇年先に役に立つことは、いまはわかりません。目先の結果を優先するばかりで、長い目で研究成果を得ることができなくなりました。日本の基礎研究は崩壊の危機に直面しているとも言えます。今後、日本人がノーベル賞を受賞するのは難しくなるでしょう。結果がでるかどうかわからないものに予算を割くことができなくなりました。これは本当に怖いことだと思います。これからの日本のサイエンスのために、基礎研究の大切さをもう一度、再確認する必要があると思います。

コロナ禍をめぐる主なできごと（2021年から2022年7月）

大井学

2021年

1月上旬　（前年11月以降に新型コロナウイルス感染が第三波に入ったとされる）

1/7　東京、埼玉、千葉、神奈川の一都三県に緊急事態宣言発出。（第二回緊急事態宣言は1/8～3/21）

1月中旬　1/13　大阪、兵庫、京都、愛知、岐阜、福岡、栃木にも緊急事態宣言発出。

1月下旬　1/23　新型コロナ感染による国内の死者累計数が五千人を超え、五〇六四人となる。

2月上旬　2/1　緊急事態宣言中に銀座のクラブを訪れていたことが明らかになった公明党の衆議院議員が辞職。他三名の自民党議員が離党。

2月中旬　2/13　新型コロナウイルス対策の改正特別措置法施行。

2/14　ファイザー製新型コロナウイルスのワクチンが正式に承認される。

2/17　医療従事者を対象にした新型コロナウイルスのワクチンの接種が全国の医療機関で始まる。

2月下旬	2／28	大阪、兵庫、京都、愛知、岐阜、福岡の六つの府県で緊急事態宣言を解除。
3月上旬	3／3	3月7日までとされていた首都圏の一都三県での緊急事態宣言が二週間延長される。
3月中旬	3／18	営業時間の短縮要請に応じていない飲食店二十七施設に対して、東京都が特別措置法に基づく「命令」を発出。全国初。
3月下旬	3／21	一都三県に出されていた緊急事態宣言解除。
4月上旬	4／2	政府分科会※の尾身茂会長が第四波に入りつつあるとの認識を述べ、アルファ株による感染拡大を懸念。（※）新型インフルエンザ等対策有識者会議新型コロナウイルス感染症対策分科会
	4／5	一ヶ月の予定で大阪、兵庫、宮城に「まん延防止等重点措置」が適用される（追加等の変更を経て、同年9／30まで適用される）。
4月中旬	4／12	高齢者に向けた新型コロナのワクチン接種がはじまる。
	4／13	大阪府で重症患者数が準備されていた病床数を上回る。
4月下旬	4／23	東京・大阪・兵庫・京都に三回目の緊急事態宣言発出。（4／25〜6

		／20）
5月上旬	5/5	北海道と札幌市において医療体制が危機的状況となり「医療非常事態宣言」が出される。
	5/7	変異株による感染が拡大しているインドと、周辺のパキスタン・ネパールからの入国者に対する水際対策を強化。
		菅義偉首相が会見で、7月末を念頭に希望するすべての高齢者にワクチン接種を完了させるため、一日百万回の接種を目標とする考えを強調。
5月中旬	5/17	東京と大阪でワクチン大規模接種の予約開始。
5月下旬	5/21	モデルナとアストラゼネカのワクチンが正式承認される。
6月上旬	6/1	神戸市にてデルタ株の感染例が確認される。
	6/3	東京オリンピック・パラリンピックをめぐり、政府分科会の尾身会長が「今のパンデミックの状況で開催する事は普通ではない」と指摘。
7月上旬	7/8	「ぼったくり男爵」と批判されたIOCバッハ会長が来日。
	7/9	東京都での四回目の緊急事態宣言の発出が決まったことから、東京オ

リンピックは東京、神奈川、埼玉、千葉、一都三県のすべての会場で無観客での開催が決定。

7月中旬　7／12　東京都に四度目の緊急事態宣言が発出される（最終的に9／30まで継続）。

7／16　感染拡大における第五波の兆候が報じられる。

7月下旬　7／23　2020東京オリンピックが一年延期ののち開催される（8／8まで）。

7／29　日本医師会などが緊急声明を発表。全国を緊急事態宣言の対象とすることも検討するよう政府に求める。

8月中旬　8／17　「緊急事態宣言」「重点措置」の対象拡大と期限延長を決定。

8月下旬　8／25　北海道、宮城、岐阜、愛知、三重、滋賀、岡山、広島の八道県を対象地域として緊急事態宣言を追加発出。「まん延防止等重点措置」が、高知、佐賀、長崎、宮崎の四県に新たに適用決定。

9月上旬　9／2　変異ウイルス「ミュー株」の感染事例が国内で初めて確認される。

9／3　菅義偉首相（自民党総裁）が党総裁選に立候補しないことを表明。

9月中旬　9／10　変異ウイルス「イータ株」に十八人が感染していたことが判明。

9月下旬	9/30	4月から続いた「まん延防止等重点措置」が解除される。
10月上旬	10/4	岸田文雄内閣発足。
10月下旬	10/21	東京と大阪がいずれも10/25から、飲食店に対する時短要請の解除を決定。
	10/26	全世帯や介護施設などに配布した布マスク、いわゆる「アベノマスク」について、未配布の八千二百万枚の在庫があることが判明。
11月上旬	11/2	「自殺対策白書」が閣議決定。女性の自殺者数が増加。
	11/8	コロナウイルスの水際対策を緩和。ビジネス目的の入国者について、企業が行動を管理することなどを条件に待機期間を原則三日間に短縮。
11月中旬	11/14	新型コロナウイルス対策と社会経済活動の両立に向けて、政府が大規模イベント・飲食店等の行動制限緩和の具体案をまとめる。
11月下旬	11/25	厚生労働省の専門家会合にて「全国の感染状況は昨年夏以降、最も低い水準が続いている」。
	11/26	WHO＝世界保健機関が、南アフリカで確認された新たな変異ウイルス（オミクロン株）について「懸念される変異株」に指定したと発表。

11/30　オミクロン株の感染者が日本で初めて確認される。

12月上旬　12/1　医療従事者を対象にコロナワクチン三回目の接種開始。

12月下旬　12/24　新型コロナの内服薬「モルヌピラビル」を、厚生労働省が24日夜承認。重症化を防ぐ初めての内服薬。

12/25　軽症患者などを対象にした抗体カクテル療法について、厚生労働省は「オミクロン株」には効果を期待できない可能性があるとして、投与を推奨しないことを決定。

2022年

1月上旬　1/1　沖縄県は、アメリカ軍から二三五人に新型コロナ新規感染者が確認されたと連絡があったことを発表。

1/6　日本医師会の中川俊男会長は「全国的に第六波に突入した」と指摘。

1/9　再び「まん延防止等重点措置」が発出される。

1月下旬　1/21　「まん延防止等重点措置」の適用地域が十六都県に拡大。

1/22　新型コロナの国内における新規感染者が初めて五万人を超える。

1/27　「まん延防止等重点措置」の適用地域が三十四都道府県に拡大。

2月上旬	2/8	北京オリンピック、フィギュアスケート男子シングルで、アメリカのビンセント・ジョウ選手が新型コロナウイルス検査陽性により欠場。
2月中旬	2/17	オミクロン株の一種「BA・2」の市中感染事例が、東京都内で初確認。
2月下旬	2/20	イギリスのエリザベス女王に新型コロナウイルス感染が確認される。
	2/24	ロシア連邦によるウクライナへの軍事侵攻が開始される。
3月下旬	3/21	「まん延防止等重点措置」が全地域で解除される。
	3/23	東京上野動物園が「まん延防止等重点措置」解除で約二か月ぶりに再開。
4月中旬	4/11	オミクロン株の複数のタイプが組み合わさった「XE」への感染が、国内の検疫で初確認。
4月下旬	4/22	山口県阿武町が、新型コロナウイルスの臨時特別給付金四六三世帯分を誤って一つの世帯の口座に振込み。
	4/29	三年ぶりに行動規制のない大型連休が始まる。
5月中旬	5/12	参議院厚生労働委員会で岸田首相が「人との距離が十分なら屋外でのマスクは必ずしも必要ない」と発言。
	5/12	オミクロン株の「BA・4」と「BA・5」とが、国内の検疫で初確認。

5/17 東京地裁にて、前年3月に発出された新型コロナウイルス対応としての改正特別措置法に基づく東京都による事業者への営業時間短縮「命令」は違法だったと認定される。

6月上旬 6/1 一日当たりの入国者数の上限が二万人に引上げられ、一部の国や地域からの入国者には入国時検査など免除される。

6月中旬 6/10 外国人観光客受入れ再開。当面は添乗員付きツアー客に限定。

6月下旬 6/30 厚生労働省の新型コロナウイルス対策専門家会合にて、新規感染者数が全国で増加に転じたと指摘。

7月中旬 7/11 政府分科会の尾身会長ら専門家が岸田首相と会談。「第七波に入った」と認識。その上で、現時点で強い行動制限は必要ないとした。

7月下旬 7/22 ワクチン四回目接種について、六十歳以上などに限定されていた対象者が、医療従事者や介護職員などにも拡大される。

7/22 岸田首相「新たな行動制限行わず、社会経済活動の回復を目指す」。

7/29 解熱鎮痛薬「カロナール」の需要急騰に対して、製薬会社は当面の出荷量調整を発表。

あとがき

新型コロナウイルスが世に蔓延して、三年の月日が流れようとしています。はじめ未知であったコロナウイルスは研究が進み、予防や治療に有効とされるワクチンや薬も相次いで開発されるようになりました。私たちはマスクをし、手指を消毒し、社会的距離を取ることにも慣れて、コロナウイルス禍を過ごしてきたように思います。

一方で、ウイルスは幾度となく変異してきました。今はオミクロン株という第七波のただなかにいます。しかし、私たちは落ち着いてそれも受け止め、世界も新たに共存の道をとる方に舵を切ったようです。

短歌の世界では依然として人々が集まる機会は減少したままです。それでも私たちは知恵を出し合って、オンライン上で、あるいは万全の対策をとって、歌を楽しむ術を新たに見つけてきたとも言えます。コロナ禍での短歌のあり方は成熟のときを迎え、さらに今後も試行錯誤を繰り返しながら、よりよい形を見つけながら発展してゆくことでしょう。
ウイルスは変異しました。しかしそれ以上に変わったのは、実は私たちだったのではないでしょうか？　しなやかに、したたかに、私たちはこのコロナウイルスと対峙し、あるときは静かに見つめ、あるときは歌を杖としてコロナ禍を過ごしてきました。この歌集が前の歌集に続いて、様々な歌人たちがどのように考え、どのように行動したのかということが見える一冊となるように願っています。
歌をお寄せくださった現代歌人協会の会員の皆さま、編集にお力をいただきました短歌研究社の國兼秀二様、菊池洋美様に深く御礼を申し上げます。
コロナ禍が過去のものとなることと、皆さまのご健康を心よりお祈りいたします。

二〇二二年　八月十五日

高木佳子

続 コロナ禍歌集　2021年～2022年

2022年12月28日　発行

編　者　現代歌人協会

代　表　栗木京子
〒170-0003　東京都豊島区駒込 1 -35- 4 -502
電話　03-3942-1287
FAX　03-3942-1289
E-mail　gendaikajinkyokai@nifty.ne.jp
振替　00190-2-10916
発行者　短歌研究社

発行所　〒112-8652　東京都文京区音羽1-17-14　音羽YKビル
電話　03-3944-4822
FAX　03-3944-4844
振替　00190-9-24375

装　幀　岡　孝治
写真　d3sign/Moment/gettyimages

印刷・製本　大日本印刷株式会社

ISBN978-4-86272-733-6 C0092